DESPEREAUX

DESPERAUX

Kate DiCamillo

DESPEREAUX

Es la historia de un ratón, una princesa,
una cucharada de sopa
y un carrete de hilo

Noguer y Caralt Editores
Barcelona

Título original
The Tale of Despereaux
© 2003, by Kate DiCamillo
Published by arrangement with
Walker Books Limited, London SE11 5HJ
© 2003, by Noguer y Caralt Editores, S.A.

ISBN: 84-279-3258-8
Ilustraciónes: 2003, Timothy Basil Ering
Traducción: Alberto Jiménez Rioja

Primera edición: abril 2006

Impreso en España
Domingraf, S.L.- Mollet del Vallès (Barcelona)
Depósito legal: B-9101-2006

Para Luke,
que me pidió la historia
de un héroe improbable.

Agradecimientos

Quiero expresar mi gratitud a las siguientes personas por su incansable cariño, su paciencia y su apoyo durante la narración del cuento del ratón: Karla Rydrych, Jane St. Anthony, Cindy Rogers, Jane Resh Thomas, Jason William Walton, Alison McGhee, Holly McGhee, Lisa Beck y Tracey Bailey.

Despereaux y yo sentimos también una profunda gratitud hacia Kara LaReau: editora, visionaria, amiga.

Este libro fue escrito con la ayuda de una generosa subvención de la Fundación McKnight.

El mundo es oscuro y preciosa la luz.
Acércate, querido lector.
Debes confiar en mí.
Voy a contarte una historia.

Libro
PRIMERO

Nace un ratón

Capítulo Uno ∞
Éste es el último

ESTA HISTORIA COMIENZA entre los muros de un castillo, con el nacimiento de un ratón. Un ratón muy pequeño. El último ratón que les nacía a sus padres y el único de su camada que había nacido vivo.

—¿Dónde están mis bebés? —dijo la agotada madre cuando el mal rato hubo terminado—: enséñame a mis bebés.

El padre ratón levantó bien alto al ratoncito.

—Sólo hay uno —dijo—. Los otros han muerto.

—*Mon Dieu*, ¿tan sólo un ratoncito?

—Sólo uno. ¿Cómo lo llamarás?

—Tanto trabajo para nada —dijo la madre y, suspirando, añadió—: ¡Es tan triste! ¡Es tanta la decepción!

Era una ratona francesa que había llegado al castillo hacía mucho tiempo en el equipaje de un diplomático francés que estaba de visita. "Decepción" era una de sus palabras favoritas: la utilizaba a menudo.

—¿Cómo lo llamarás? —repitió el padre.

—¿Que cómo lo llamaré? ¿Lo llamaré? Claro que sí, lo llamaré, pero seguramente va a morirse como los otros. Oh, cuán triste. Cuán triste. Oh, qué gran tragedia.

La ratona se llevó un pañuelo a la nariz, lo agitó frente a la cara y se sonó.

—Sí, claro que le daré un nombre. Llamaré Despereaux a este ratón, por toda la tristeza, por la desesperanza de este lugar. Y a ver, ¿dónde está mi espejo?

Su marido le tendió un pequeño trozo triangular de espejo. La ratona madre, que se llamaba Antoinette, miró su reflejo y le dijo a uno de sus hijos con un suspiro:

—Tulés, vete a por mi bolsa de maquillaje. Tengo unas ojeras terribles.

Mientras Antoinette se retocaba la pintura de los ojos, el padre colocó a Despereaux en una cama hecha de trocitos de manta. El sol de abril, débil pero decidido, atravesó una ventana del castillo y buscando un agujerito del muro tocó con un dedo dorado al recién nacido.

Sus hermanos mayores se reunieron para contemplar a Despereaux.

—Tiene las orejas demasiado grandes —dijo su hermana Merlota—. Son las orejas más grandes que he visto nunca.

—Mira —dijo un hermano llamado Frano— tiene los

Los ojos de Despereaux no deberían estar abiertos.

ojos abiertos. Pa, tiene los ojos abiertos y no debería tenerlos.

Es cierto: los ojos de Despereaux no deberían estar abiertos, pero lo estaban. Miraba el reflejo del sol en el espejo de su madre. La luz se proyectaba sobre el techo en forma de óvalos brillantes y Despereaux sonreía mirándolos.

—Hay en él algo que no marcha, este ratoncito no está bien —dijo el padre—. Déjenlo en paz.

Los hermanos y hermanas de Despereaux se echaron atrás, separándose del nuevo miembro de la familia.

—Éste es el último —proclamó Antoinette desde su lecho—. No tendré más hijos: son una decepción tan grande y se cobran un tributo tan duro para mi belleza. Arruinan mis encantos. Éste es el último. Ni uno más.

—El último —dijo el padre—. Y pronto habrá muerto. No puede vivir. No puede vivir con los ojos abiertos de ese modo.

Pero, lector, vivió.

Y ésta es su historia.

Capítulo Dos ✺
Una decepción tal

DESPEREAUX TILLING VIVIÓ, pero su existencia provocó muchas especulaciones en la comunidad ratonil.

—Es el ratón más pequeño que nunca he visto —dijo su tía Florencia—. Es ridículo: jamás ningún ratón ha sido tan pequeño. Ni siquiera un Tilling.

Miró a Despereaux entornando los ojos como si pudiera desaparecer por completo y añadió:

—Ningún ratón. Jamás.

Despereaux, con la cola arrollada en torno a sus patas, le devolvió la mirada.

—¡Y esas orejotas que tiene! ¡Caray! —observó su tío Alfredo—. Parecen orejas de burro más que otra cosa, si alguien quiere saber mi opinión.

—Son orejas obscenamente grandes —dijo tía Florencia.

Despereaux las movió como dos molinillos.

Su tía Florencia jadeó.

—Dicen que nació con los ojos abiertos —susurró tío Alfredo. Despereaux miró fijamente a su tío.

—Imposible —dijo tía Florencia—. No hay ratón alguno, no importa cuán pequeño u obscenamente orejón sea, que haya nacido con los ojos abiertos. Sencillamente no ocurre.

—Su Pa, Lester, dice que no está bien —comentó tío Alfredo. Despereaux estornudó.

No dijo nada en su defensa. ¿Qué podía alegar? Todo lo que habían dicho sus tíos era cierto: era ridículamente pequeño; sus orejas resultaban obscenamente grandes; había nacido con los ojos abiertos y era enfermizo: tosía y estornudaba tan a menudo que siempre llevaba un pañuelo encima. Sufría fiebres, se desmayaba si oía ruidos fuertes y, lo más alarmante de todo, no mostraba ningún interés en las cosas por las que un ratón debería mostrar interés.

No pensaba constantemente en la comida. No intentaba hacerse sistemáticamente con todos los mendrugos. Mientras sus hermanos mayores comían, Despereaux se quedaba muy quieto con la cabeza inclinada hacia un lado.

—¿Oyen ese sonido dulce, tan dulce? —dijo.

—Oigo el ruido de migas de pastel que caen de las bocas de la gente y dan en el suelo —dijo su hermano Tulés—. Eso es lo que oigo.

—No... —dijo Despereaux—. Es algo más. Suena como... mmm... miel.

—Podrás tener unas orejotas enormes —respondió Tulés—, pero no están conectadas a tu cerebro. No se puede oír la miel. Tú hueles la miel. Si hay miel que oler, que no es el caso.

—¡Hijo! —gritó el padre de Despereaux—. ¡Espabílate! Baja de las nubes y dedícate a los mendrugos.

—Por favor —dijo su madre—, busca los mendrugos. Cómetelos para que tu mamá sea feliz. Eres un ratón esmirriado; eres una decepción para tu mamá.

—Lo siento —respondió Despereaux. Bajó la cabeza y olfateó el suelo del castillo.

Pero, lector, no estaba olfateando.

Estaba escuchando, con sus grandes orejotas, el dulce sonido que ningún otro ratón parecía escuchar.

Capítulo Tres ⌒
Había una vez

LOS HERMANOS DE DESPEREAUX intentaron educarle en cómo debe ser un ratón. Frano le llevó a dar una vuelta por el castillo para enseñarle el arte de escabullirse.

—Muévete de lado a lado —explicó Frano deslizándose sobre el suelo encerado del castillo—. Mira hacia atrás por encima del hombro todo el tiempo, primero a la derecha y luego a la izquierda. No te pares por nada.

Pero Despereaux no escuchaba a Frano, sino que contemplaba la luz que se derramaba a través de la vidrieras del castillo. Se paró sobre las patas traseras, sostuvo el pañuelo sobre su corazón y miró más y más arriba a la luz brillante.

—Frano —preguntó—, ¿qué es esa cosa? ¿Qué son todos esos colores? ¿Estamos en el cielo?

—¡Cáspita! —gritó Frano desde una esquina a lo

lejos—. No te quedes en el centro de la estancia hablando del cielo. ¡Muévete! Eres un ratón, no un hombre. Tienes que escabullirte.

—¿Qué? —respondió Despereaux, que todavía miraba la luz.

Pero Frano se había ido.

Frano había desaparecido por un agujero de la moldura como un buen ratón.

Merlota, la hermana de Despereaux, lo llevó a la biblioteca del castillo donde la luz entraba por altos ventanales y se posaba en el suelo formando brillantes parches amarillos.

—Venga —dijo Merlota—, sígueme, hermanito, y aprenderás lo más importante acerca de cómo roer papel.

Merlota trepó a una silla y de ahí saltó a un atril sobre el que descansaba un enorme libro abierto.

—Por aquí, hermanito —dijo metiéndose entre las páginas del libro.

Despereaux la siguió, a la silla, al atril y a las páginas.

—Fíjate bien —dijo Merlota—. Esta cola de aquí es muy sabrosa y los bordes del papel son crujientes y apetitosos.

Mordisqueó el borde de la hoja y luego miró a Despereaux.

—Inténtalo —dijo—. Primero mordisquea un poco de cola y luego toma un buen bocado de papel. Y esos garabatos de las hojas son riquísimos.

Había una vez —susurró Despereaux.

Despereaux bajó la vista al libro y, de repente, ocurrió algo muy sorprendente: las marcas de las páginas, los "garabatos" como Merlota los había llamado, cobraron forma. Las formas se dispusieron a su vez en palabras, y las palabras formaron una frase encantadora y maravillosa: *había una vez.*

—Había una vez —susurró Despereaux.

—¿Qué? —dijo Merlota.

—Nada.

—Come —dijo Merlota.

—No puedo, de ninguna manera —respondió Despereaux separándose del libro.

—¿Por qué?

—Hum —respondió Despereaux—. Arruinaría la historia.

—¿La historia? ¿Qué historia? —Merlota lo contempló de hito en hito, con un trocito de papel temblando en el extremo de uno de sus indignados bigotes—. Es justo lo que Pa dijo cuando naciste. Algo en ti no está bien.

Se volvió y salió de la biblioteca a toda prisa para contarles a sus padres esta última decepción.

Despereaux esperó hasta que su hermana se hubo marchado; se volvió a la página, y con una de sus patas tocó las preciosas palabras. *Había una vez.*

Tembló. Estornudó. Se sonó con su pañuelo.

—Había una vez —dijo en voz alta deleitándose con el sonido. Y entonces, siguiendo cada palabra con la pata, leyó la historia de una hermosa princesa y del valiente caballero que la servía y la honraba.

Despereaux no lo sabía, pero muy pronto le haría falta ser arrojado y valiente.

¿He mencionado ya que bajo el castillo se ocultaban las mazmorras?

En las mazmorras había grandes ratas. Ratas grandes y malas. Despereaux estaba destinado a enfrentarse a ellas.

Lector, debes saber que un destino interesante (a veces con ratas, a veces sin ellas) aguarda a casi todos los ratones y a los hombres que no se resignan.

Capítulo Cuatro ∽
La princesa Guisante

LOS HERMANOS Y HERMANAS DE DESPEREAUX abandonaron pronto la ingrata tarea de intentar educarle para que fuera un ratón.

Y, de este modo, Despereaux fue libre.

Pasaba sus días como quería: vagaba por las estancias del castillo, contemplando soñadoramente la luz que penetraba a través de las ventanas de cristal multicolor. Iba a la biblioteca y leía una y otra vez la historia de la hermosa doncella y del caballero que la rescataba. Y descubrió, finalmente, la fuente del sonido que era como miel: ese sonido era música.

El sonido lo hacía el rey Felipe que tocaba su guitarra y cantaba para su hija, la princesa Guisante, todas las noches, para dormirla.

Escondido en un orificio de la pared del dormitorio de

la princesa, el ratón escuchaba con toda atención. El sonido de la música del rey hizo que Despereaux sintiera que su alma se expandía, se hacía más ligera.

—Oh —dijo—. Suena como el cielo, huele como la miel.

Sacó la oreja izquierda por el orificio del muro para poder oír mejor la música, y después sacó la derecha para poder oírla aún mejor. No había pasado mucho tiempo antes de que una de sus patas siguiera a su cabeza y luego la otra y, al final, sin que Despereaux lo hubiera planeado, todo él había salido del agujero, en su esfuerzo por acercarse a la música.

Hay que decir que, si bien Despereaux no ponía en práctica gran parte de lo que se consideraba comportamiento normal de los ratones, sí que se cuidaba de cumplir una de las reglas más básicas y elementales de todas las reglas ratoniles: nunca, jamás, bajo ninguna circunstancia, reveles tu presencia a los seres humanos.

Pero... la música, la música. La música le hacía perder la cabeza y actuar contra los pocos instintos ratoniles que poseía y, a causa de ello, se dejó ver. Casi inmediatamente, los agudos ojos de la princesa Guisante se percataron de su presencia.

—¡Oh, papá! —exclamó—. Mira, ¡un ratón!

El rey dejó de cantar y bizqueó. Era miope: es decir, todo aquello que no estuviera delante de sus narices le resultaba difícil de ver.

—¿Dónde? —dijo el rey.

—Allí —respondió la princesa Guisante, señalando.

—Eso, mi querida Guisante, es un insecto, no un ratón. Es demasiado pequeño para ser un ratón.

—No, es un ratón.

—Un insecto —repitió el rey, a quien le gustaba tener siempre la razón.

—Un *ratón* —dijo Guisante, que sabía que estaba en lo cierto.

En cuanto a Despereaux, empezaba a darse cuenta de que había cometido un error muy grave. Tembló. Se agitó. Estornudó. Consideró la posibilidad de desmayarse.

—Está aterrorizado —dijo Guisante—. Mira, tiene tanto miedo que tiembla. Me pareció que escuchaba la música; toca algo, papá.

—¿Un rey tocando música para un insecto? —el rey Felipe frunció el ceño y añadió—: ¿Te parece bien? El que yo tocara música para un insecto convertiría el mundo en un revoltijo informe, lo pondría todo patas arriba.

—Papá, ya te lo he dicho, es un *ratón* —dijo Guisante—. ¿Por favor?

—Oh, está bien, si te hace feliz, yo, el rey, tocaré música para un insecto

—Un *ratón* —corrigió Guisante.

El rey se ajustó su pesada corona de oro, se aclaró la garganta, rasgueó la guitarra y empezó a cantar una canción sobre estrellas y ensueños. La canción era tan dulce como la luz que atravesaba las ventanas de colores, tan cautivadora como la historia del libro.

Despereaux olvidó todo su miedo: sólo quería oír la música.

Se fue arrastrando cada vez más cerca hasta que, lector, se sentó exactamente junto a los pies del rey.

Capítulo Cinco ∽
Lo que vio Frano

LA PRINCESA GUISANTE miró a Despereaux. Le sonrió y, mientras su padre tocaba otra canción, una canción sobre el profundo púrpura que cae sobre soñolientos muros de jardín, la princesa bajó una mano y le acarició la parte superior de la cabeza.

Despereaux miró hacia arriba, maravillado. Decidió que Guisante era idéntica al grabado de la hermosa doncella que había en el libro de la biblioteca. La princesa sonrió a Despereaux, y esta vez Despereaux le devolvió la sonrisa.

Y entonces sucedió algo increíble: el ratón se enamoró.

Lector, puedes hacerte una pregunta. En realidad *debes* preguntarte: ¿es ridículo que un ratón pequeño, enfermizo y orejudo se enamore de un hermoso ser humano, de una princesa llamada Guisante?

Despereaux la miró maravillado.

La respuesta es... sí. Naturalmente que es ridículo. El amor es ridículo.

Pero el amor es también maravilloso. Y poderoso. Y el amor de Despereaux por la princesa Guisante probaría, a su debido tiempo, ser todas estas cosas: poderoso, maravilloso y ridículo.

—Eres muy dulce —le dijo la princesa a Despereaux—. ¡Tan pequeñito!

Mientras Despereaux levantaba una mirada de adoración hacia ella, Frano pasó corriendo por la estancia de la princesa, moviendo la cabeza de izquierda a derecha, de derecha a izquierda, de atrás adelante.

—¡Cáspita! —dijo Frano. Se detuvo y miró hacia la cámara de la princesa: sus bigotes se pusieron tan tiesos como cuerdas de arco.

Lo que Frano vio fue a Despereaux Tilling sentado a los pies del rey. Lo que Frano vio fue a la princesa acariciando delicadamente la parte superior de la cabeza de su hermano.

—¡Cáspita! —exclamó Frano de nuevo—. ¡Oh, vaya! ¡Está loco! ¡No tiene remedio!

Y, ejecutando un escabullimiento clásico, Frano partió a toda prisa a darle a su padre, Lester Tilling, la terrible, la increíble nueva que acababa de presenciar.

Capítulo Seis ❧
El tambor

—NO PUEDE, sencillamente no puede ser mi hijo —dijo Lester. Se tiró de los bigotes con las patas delanteras y movió la cabeza de un lado a otro con desesperación.

—¡Desde luego que es tu hijo! —protestó Antoinette—. ¿Qué quieres decir con que no es tu hijo? Esa afirmación es ridícula. ¿Por qué tienes que hacer siempre afirmaciones ridículas?

—Tú —dijo Lester—. Es culpa tuya. La sangre francesa que lleva le ha vuelto loco.

—¿C'est moi? —contestó Antoinette—. ¿C'est moi? ¿Por qué tengo que ser yo siempre la que tenga la culpa? Si tu hijo es una decepción tan grande, es culpa tuya tanto como mía.

—Hay que hacer algo —dijo Lester. Se tiró de un bigote con tanta fuerza que se lo arrancó y, blandiéndolo por encima de la cabeza, señaló con él a su esposa:

—¡Será el fin de todos nosotros! —gritó—. ¡Sentado a los pies de un rey humano! ¡Increíble! ¡Impensable!

—Pero cómo dramatizas —respondió Antoinette. Levantó una de sus patas y estudiándose sus uñas pintadas añadió—: Es un ratón chiquitín. ¿Cuánto daño crees que puede hacer?

—Una cosa he aprendido en este mundo —dijo Lester—, y es que los ratones tienen que comportarse como ratones o lo más probable es que haya problemas. Voy a convocar una reunión especial del Consejo de los Ratones. Decidiremos juntos lo que hay que hacer.

—Oh —dijo Antoinette—; tú y tu Consejo de los Ratones. Es una pérdida de tiempo, en mi opinión.

—Pero ¿es que no lo entiendes? —gritó Lester—. Debe ser castigado. Hay que llevarlo ante el tribunal.

Dicho esto se volvió y, pasando al lado de su esposa, se encaminó hacia un montón de recortes de papel, donde se puso a escarbar furiosamente, hasta que descubrió un dedal que tenía un trocito de cuero cubriendo su extremo abierto.

—¡Oh, por favor! —rogó Antoinette. Se cubrió los oídos y añadió—: no hagas el redoble del Consejo de los Ratones.

—Sí, eso es —respondió Lester—, el redoble.

Levantó el dedal por encima de la cabeza, primero hacia el norte y luego hacia el sur, luego hacia el este y después hacia el oeste.

Lo bajó de nuevo, volvió la espalda a su esposa, cerró los ojos, inspiró profundamente y empezó a golpear el tambor despacio, un golpe largo con la cola seguido por dos golpes en staccato con las patas delanteras.

Bum. Tat-tat. Bum. Tat-tat. Bum. Tat-tat.

El redoble del tambor era la señal de reunión para los miembros del Consejo de los Ratones.

Bum. Tat-tat. Bum. Tat-tat. Bum.

El redoble del tambor les hacía saber que había que tomar una decisión importante, una decisión que afectaba a la seguridad y al bienestar de toda la comunidad ratonil.

Bum. Tat-tat. Bum. Tat-tat. Bum.

Capítulo Siete ⁊
Un ratón enamorado

¿Y QUÉ ESTABA HACIENDO NUESTRO miembro favorito de la comunidad ratonil mientras el redoble del Consejo de los Ratones rebotaba por los muros del castillo?

Lector, debo informarte que Frano no había visto lo peor. Despereaux se sentó con la princesa y el rey y escuchó canción tras canción. En un momento dado, suavemente, ¡oh, tan suavemente!, Guisante puso al ratón en su mano. Lo alzó con mucho cuidado en la palma y le rascó las orejotas.

—Tienes unas orejas adorables —le dijo Guisante—. Son como pedacitos de terciopelo.

Despereaux creyó que iba a desmayarse de gusto al oír que alguien se refería a sus orejas como cosas adorables y pequeñas. Enrolló la cola en torno a la muñeca de

Guisante para sujetarse y sintió el pulso de la princesa, los latidos de su corazón, y el suyo empezó inmediatamente a latir al mismo ritmo.

—Papá —dijo Guisante cuando la música terminó—, me voy a quedar con este ratón. Vamos a ser grandes amigos.

El rey miró a Despereaux tumbado confiadamente en la mano de su hija y, entrecerrando los ojos, murmuró:

—Un ratón, un *roedor*.

—¿Qué? —contestó Guisante.

—Ponlo en el suelo —ordenó el rey.

—No —dijo Guisante, poco acostumbrada a que le dijeran lo que tenía que hacer—: quiero decir, ¿por qué habría de hacerlo?

—Porque yo te lo digo.

—Pero ¿por qué? —protestó Guisante.

—Porque es un ratón.

—Ya lo sé. Yo fui quien te dijo que era un ratón.

—No había pensado en... —dijo el rey.

—¿No habías pensado en qué?

—Tu madre. La reina.

—Mi madre —dijo Guisante tristemente.

—Los ratones son roedores —dijo el rey, que se ajustó su corona y continuó—: están emparentados con... las ratas. Y ya sabes cómo nos sentimos respecto de las ratas. Conoces nuestra tenebrosa historia con las ratas.

—Pero papá —contestó Guisante—, ¡no es una rata! Es un ratón. Hay una gran diferencia.

—La realeza —dijo el rey— tiene muchas responsabilidades. Y una de ellas es no involucrarse personalmente ni siquiera con los parientes lejanos de los enemigos de uno. Ponlo en el suelo.

La princesa puso a Despereaux en el suelo.

—Buena chica —dijo el rey.

Luego miró a Despereaux y añadió:

—Lárgate.

Despereaux, sin embargo, no se largó. Se limitó a sentarse y a mirar a la princesa.

El rey, golpeando el suelo con el pie, repitió gritando:

—¡Lárgate!

—Papá —dijo la princesa—, por favor, no seas malo con él.— Y empezó a llorar.

Despereaux, viendo sus lágrimas, rompió la última de las antiguas, grandes reglas de los ratones: habló. Habló a un ser humano.

—Por favor —dijo Despereaux—, no llores.

Y le tendió su pañuelo.

Guisante se sonó y se agachó para acercarse a él.

—¡No le hables a la princesa! —tronó el rey.

Despereaux dejó caer su pañuelo y dio unos cuantos pasos hacia atrás separándose del rey.

—Los roedores no les hablan a las princesas. No dejaremos que el mundo se convierta en un batiburrillo donde todo esté patas arriba. ¡Hay reglas! Lárgate. ¡Piérdete, antes de que recupere mi sentido común y te mande matar!

El rey golpeó de nuevo el suelo con el pie. A Despereaux le pareció muy alarmante ver un pie tan grande caer con tanta fuerza y enfado cerca de su cabecita. Corrió hacia el agujero del muro, pero antes de entrar por él se volvió. Se volvió y gritó a la princesa:

—¡Me llamo Despereaux!

—¿Despereaux? —contestó Guisante.

—¡Te honro! —gritó Despereaux.

"Te honro" era lo que el caballero le decía a la hermosa doncella en la historia que a diario leía Despereaux en el libro de la biblioteca. Despereaux había susurrado a menudo esta frase pero nunca había tenido la ocasión de utilizarla al hablar con alguien.

—¡Sal de aquí! —gritó el rey golpeando el suelo con el pie cada vez más fuerte hasta que pareció que todo el castillo, que todo el mundo, temblaba—. Los roedores no saben nada del honor.

Despereaux entró en el agujero y desde allí contempló a la princesa, que había recogido su pañuelo y lo miraba..., directamente a su alma.

—Despereaux —dijo Guisante. Despereaux vio su nombre en sus labios.

—Te honro —susurró Despereaux—. Te honro.

Puso una pata sobre su corazón y se inclinó tanto que sus bigotes tocaron el suelo.

Era, ¡ay!, un ratón profundamente enamorado.

Capítulo Ocho ∞
A las ratas

EL CONSEJO DE LOS RATONES, trece ratones de respeto y el muy Respetable y Honorable Ratón Jefe, atendió la llamada del redoble de Lester y se reunió en una pequeña cavidad secreta de la sala del trono del rey Felipe. Los catorce ratones se sentaron en torno a un trozo de madera sostenido por carretes de hilo y escucharon con horror mientras el padre de Despereaux les contaba la historia de lo que Frano había visto.

—A los pies del rey —dijo Lester.

—El dedo de ella acariciando su cabeza —añadió Lester.

—La miraba y..., no tenía miedo.

Los miembros del Consejo de los Ratones escuchaban con las bocas abiertas. Escuchaban con los bigotes caídos y con las orejas plegadas contra las cabezas. Escuchaban llenos de consternación, de ira y de miedo.

Cuando Lester terminó, se hizo un silencio profundo y consternado.

—Hay algo —recitó el muy Respetable Ratón Jefe—, hay algo que no está bien con tu hijo. No está bien, no. Esto va más allá de sus fiebres, más allá de sus orejotas, y más allá de que no crezca. Está profundamente perturbado. Su comportamiento nos pone a todos en peligro. No se puede confiar en los humanos. Sabemos que esto es un hecho indiscutible. Un ratón que alterna con humanos, un ratón que se sienta a los pies de un hombre, *un ratón que permite que un ser humano lo toque* —y aquí todo el Consejo de los Ratones se permitió un estremecimiento colectivo de repulsión— no es un ratón en el que pueda confiarse. Así es el mundo, nuestro mundo.

—Congéneres ratones, es mi esperanza más ferviente que Despereaux no haya hablado con esos humanos, pero no podemos suponer nada. Y es tiempo de actuar, no de hacerse preguntas.

Lester asintió con la cabeza para mostrar su acuerdo. Los demás miembros del Consejo de los Ratones asintieron también.

—No tenemos alternativa —dijo el Ratón Jefe—. Debe ir a las mazmorras. Dio un golpe con una pata sobre la mesa y añadió:

—Debe ir con las ratas. Inmediatamente. Miembros del Consejo, ahora les pediré su voto. Los que estén a favor de que Despereaux sea enviado a las mazmorras que digan "sí".

Hubo un coro de tristes "síes".

—Los que se opongan, que digan "no"

El silencio reinó en la cavidad.

Lester era el único que hacía ruido: estaba llorando.

Y trece ratones avergonzados de verlo llorar apartaron la vista.

Lector, ¿puedes imaginarte a tu padre que no votara en contra de que se te envíe a unas mazmorras llenas de ratas? ¿Puedes imaginarte que no diga una palabra en defensa tuya?

El muy Respetable Ratón Jefe volvió a golpear la mesa con la pata, mientras el padre de Despereaux gemía, y dijo solemnemente:

—Despereaux Tilling comparecerá ante la comunidad ratonil. Oirá sus faltas: tendrá oportunidad de renegar de ellas. Si lo hace, se le permitirá que vaya a las mazmorras con el corazón puro. Despereaux Tilling es convocado por lo tanto para sentarse frente al Consejo de los Ratones.

Por lo menos, Lester tuvo la decencia de sollozar en su acto de perfidia. Lector, ¿sabes lo que significa "perfidia"? Tengo la sensación de que sí, basándome en la escena que acaba de desarrollarse delante de tus ojos. Pero debes buscar la palabra en el diccionario, sólo para asegurarte.

Capítulo Nueve &
La pregunta correcta

EL CONSEJO DE LOS RATONES envió a Frano a buscar a Despereaux. Frano encontró a su hermano en la biblioteca, de pie sobre un gran libro abierto, con la cola muy apretada en torno a las patas traseras y su cuerpecillo temblando.

Despereaux leía la historia en voz alta. Leía desde el principio con la intención de llegar al fin, donde se le aseguraba al lector que el caballero y la hermosa doncella vivían felizmente para siempre.

Despereaux quería leer estas palabras: *para siempre*. Necesitaba decirlas en voz alta; necesitaba reafirmarse en que este sentimiento por la princesa Guisante, este amor, terminaría bien. Por este motivo leía la historia como si fuera un encantamiento, y sus palabras, leídas en voz alta, sirvieran para que la magia se realizara.

—Oye, mira —dijo Frano en voz alta.

Levantó la vista hacia su hermano, la apartó al instante, y añadió:

—Esto es exactamente de lo que hablo: ¿pero qué hace aquí, por amor de Dios? No se come el papel: le habla. Está mal, mal.

—¡Hey! —le dijo a Despereaux.

Despereaux siguió leyendo.

—¡Hey! —gritó ahora Frano—. ¡Despereaux! El Consejo de los Ratones quiere verte.

—¿Perdón? —dijo Despereaux levantando la vista del libro.

—El Consejo de los Ratones te reclama.

—¿Yo? —preguntó Despereaux.

—Tú.

—Ahora mismo estoy ocupado —respondió Despereaux e inclinó de nuevo la cabeza sobre el libro abierto.

Frano suspiró y dijo:

—¡Demontre! —exclamó—. Córcholis. Nada tiene sentido con este chico, nada. Tenía yo razón: está mal.

Frano trepó por la pata de la silla y saltó sobre el libro. Se sentó junto a Despereaux y le golpeó en la cabeza una vez y otra.

—¡Hey! —dijo—. El Consejo de los Ratones no te lo pide. Te lo comunica. Te lo *ordena*. Tienes que venir conmigo. Ahora mismo.

Despereaux se volvió hacia Frano y le dijo:

—¿Sabes lo que es el amor?

—¿Eh?

—El amor.

Frano meneó la cabeza y respondió:

—Estás haciendo la pregunta incorrecta. La pregunta correcta, lo que deberías preguntar, es por qué quiere verte el Consejo de los Ratones.

—Hay alguien que me ama —dijo Despereaux—. Y yo la amo a ella, y es lo único que me importa.

—¿Alguien que te ama? ¿Alguien a quien tú amas? ¿Y qué significa eso? Lo que importa es que tienes problemas muy gordos con el Consejo de los Ratones.

—Su nombre —respondió Despereaux— es Guisante.

—¿Qué?

—La persona que me ama. Su nombre es Guisante.

—¡Recórcholis! —exclamó Frano—. No te enteras de nada de lo que está ocurriendo. No te enteras de lo que significa ser un ratón. No te das cuenta de lo que significa que el Consejo de los Ratones te llame ante su presencia. Tienes que venir conmigo: es la ley. Has sido convocado.

Despereaux exhaló un suspiro. Extendió la pata y acarició las palabras *hermosa doncella* en el libro. Después se llevó la pata a la boca.

—¡Cáspita! —exclamó Frano—. Te estás poniendo en ridículo. Vámonos.

—Te honro —susurró Despereaux—. Te honro.

Y entonces, lector, siguió a Frano sobre el libro, por la pata de la silla abajo y, cruzando el suelo de la biblioteca, se dirigió hacia el Consejo de los Ratones que le esperaba. Permitió que su hermano lo condujera ante su destino.

Capítulo Diez ∞
Buenas razones

LA COMUNIDAD RATONIL AL COMPLETO se había reunido detrás de los muros del salón de baile del castillo, tal como había dispuesto el muy Respetable y Honorable Ratón Jefe. Los miembros del Consejo se sentaban sobre tres ladrillos apilados y, frente a ellos, se encontraban todos los ratones, jóvenes o viejos, ignorantes o sabios, que vivían en el castillo.

Todos aguardaban la llegada de Despereaux.

—¡Abran paso! —dijo Frano—. Aquí llega. Lo traigo. Abran paso.

Frano se abrió paso a través de la multitud de ratones. Su hermano se pegaba a su cola.

—Ahí está —susurraban los ratones—, ahí está.

—¡Es tan pequeño!

—Dicen que nació con los ojos abiertos.

Algunos ratones se apartaban de Despereaux con gesto de asco y otros, los morbosos, intentaban tocarlo con un bigote o una pata.

—La princesa lo tocó con un dedo.

—Dicen que se sentó a los pies del rey.

—¡Eso sencillamente no se hace! —dijo Florencia, la tía de Despereaux, con su peculiar voz.

—¡Abran paso, abran paso! —gritaba Frano—. Aquí lo traigo. Tengo a Despereaux Tilling, que ha sido reclamado para que comparezca ante el Consejo de los Ratones.

Condujo a Despereaux hasta el centro de la sala, se detuvo y gritó:

—Honorables miembros del Consejo de los Ratones: traigo ante ustedes a Despereaux Tilling, tal como han solicitado.

Entonces miró a su hermano por encima del hombro y le dijo:

—Suéltame.

Despereaux soltó la cola de Frano y levantó la vista hacia los miembros del Consejo de los Ratones. Su mirada se cruzó con la de su padre, pero éste movió la cabeza y miró hacia otro lado.

Despereaux se volvió y se enfrentó al mar de ratones.

—¡A las mazmorras! —gritó una voz—. ¡A las mazmorras ahora mismo con él!

La cabeza de Despereaux, que había estado llena de frases deliciosas como "para siempre" y "orejas adorables" y "te honro", se aclaró de repente.

—¡A las mazmorras con él! —gritó otra voz.

—¡Basta! —dijo perentoriamente el muy Respetable y Honorable Ratón Jefe, y añadió—: Este juicio debe celebrarse de manera ordenada. Debemos actuar de forma civilizada.

Se aclaró la garganta y dijo entonces dirigiéndose a Despereaux:

—Hijo, vuélvete y mírame.

Despereaux se dio la vuelta, levantó la vista y buscó los ojos del Jefe de los ratones. Eran ojos oscuros, profundos, tristes y medrosos. Y al fijar la mirada en ellos, el corazón de Despereaux latió una, dos veces.

—Despereaux Tilling —dijo el Ratón Jefe.

—Sí, señor —respondió Despereaux.

—Nosotros, los catorce miembros del Consejo de los Ratones, hemos discutido tu conducta. En primer lugar vamos a darte la oportunidad de que te defiendas de estos rumores sobre tus *egregios* actos. ¿Te sentaste o no te sentaste a los pies del rey humano?

—Lo hice —respondió Despereaux—, pero sólo para escuchar la música, señor. Estaba allí para oír la canción que cantaba el rey.

—¿Para oír la qué?

—La canción, señor. Cantaba una canción sobre el

ocaso púrpura que cae lentamente sobre soñolientos muros de jardín.

El Ratón Jefe meneó la cabeza y respondió:

—Sea lo que sea de lo que hablas no tiene nada que ver con la cuestión. La cuestión es ésta y sólo ésta: ¿te sentaste o no a los pies del rey humano?

—Lo hice, señor.

La comunidad de ratones movió colas y patas y bigotes. Aguardaron.

—¿Y permitiste que la muchacha humana, la princesa, te tocara?

—Se llama Guisante.

—Me da igual cómo se llame. ¿Permitiste que te tocara?

—Sí, señor —respondió Despereaux—. Dejé que me tocara. Fue maravilloso.

La reunión de ratones dejó escapar un sonido como de aire que sale de un globo.

Despereaux oyó la voz de su madre que decía:

—*Mon Dieu*, no es el fin del mundo: lo tocó, ¿y qué?

—¡Eso sencillamente no se hace! —se oyó la voz de tía Florencia que salía de la multitud.

—¡A las mazmorras! —gritó un ratón de la fila delantera.

—¡Silencio! —rugió el muy Respetable y Honorable Ratón Jefe.

—¡Silencio! —repitió y miró a Despereaux.

—¿Entiendes, Despereaux Tilling, las sagradas e

inquebrantables reglas de conducta asociadas a lo que significa ser un ratón?

—Sí, señor —respondió Despereaux—. Supongo que sí, pero...

—¿Las has quebrantado?

—Sí, señor —contestó Despereaux. Y entonces, elevando la voz, añadió—: pero... he quebrantado las reglas por buenas razones. A causa de la música. Y a causa del amor.

—¡Amor! —dijo el Ratón Jefe.

—Oh, vaya —dijo Frano—, volvemos a lo mismo.

—La amo, señor —dijo Despereaux.

—¡No estamos aquí para hablar de amor, este juicio no es sobre el amor! ¡Este juicio es sobre cómo llevas lo de ser un ratón! —gritó el muy Respetable y Honorable Ratón Jefe desde su pila de ladrillos y añadió—: *¡¡¡y por qué no te comportas como tal!!!*

—Sí, señor —respondió Despereaux—, ya lo sé.

—No, no creo que lo sepas. Y como no niegas los cargos, debes ser castigado. Vas a ser enviado, tal como decreta la antigua ley del castillo de los ratones, a las mazmorras. Vas a ser enviado a las ratas.

—¡Eso es! —gritó uno de los ratones de la multitud—. Ése es el castigo.

¡Las mazmorras! ¡Las ratas! El pequeño corazón de Despereaux se hundió hasta la mismísima punta de su cola. En las mazmorras no había luz, ni vidrieras en las

ventanas, ni biblioteca con libros. En las mazmorras no estaba la princesa Guisante.

—Pero primero —dijo el muy Respetable y Honorable Ratón Jefe—te daremos la oportunidad de que renuncies a tus acciones. Vamos a permitirte que vayas a las mazmorras con el corazón puro.

—¿Renunciar?

—Arrepentirte. Te vamos a ofrecer la oportunidad de que digas que te lamentas haberte sentado a los pies del rey humano, de que digas que lamentas haber permitido que la princesa humana te tocara, de que digas que lamentas estas acciones.

Despereaux se sintió sofocado y luego frío, y después sofocado de nuevo. ¿Renunciar a ella? ¿Renunciar a la princesa?

—¡*Mon Dieu!* —gritó su madre—. Hijo, no hagas el tonto. ¡Renuncia! ¡Arrepiéntete!

—¿Qué tienes que decir, Despereaux Tilling?

—Digo…, digo…, digo…, *no* —contestó Despereaux en susurros.

—¿Qué? —dijo el Ratón Jefe.

—No —repitió Despereaux. Y, esta vez, no susurró la palabra—; no lo lamento. No renunciaré a mis acciones. La amo. Amo a la princesa.

Se produjo un rugido colectivo de ira. La comunidad ratonil al completo se abalanzó hacia Despereaux. Los ratones parecían haberse convertido en un único cuerpo iracundo con cientos de colas, miles de bigotes y una boca grande y hambrienta que se abría y se cerraba y se abría y se cerraba, repitiendo una y otra vez:

—¡A las mazmorras! ¡A las mazmorras! ¡A las mazmorras!

Las palabras golpearon el cuerpo de Despereaux con cada latido de su corazón.

—Muy bien —respondió el muy Respetable y Honorable Ratón Jefe—. Morirás entonces con el corazón negro. ¡A ver, maestro del hilo —llamó—, traiga lo necesario!

Despereaux estaba maravillado de su coraje.

Despereaux estaba estupefacto ante su arrogancia.

Y entonces, lector, se desmayó.

Capítulo Once ∞
Llega el maestro del hilo

CUANDO DESPEREAUX RECOBRÓ EL CONO-CIMIENTO, oyó el tambor. Su padre hacía un ritmo que tenía mucho más *bum* y mucho menos *tat*. Lester y el tambor producían juntos un ominoso sonido que resultaba algo así como: *Bum bum-bum-tat. Bum-bum-bum-tat.*

—¡Abran paso al hilo! —gritó un ratón que empujaba un carrete de madera de hilo rojo a través de la multitud.

—¡Abran paso al hilo!

Bum-bum-bum-tat, hacía el tambor.

—¡A las mazmorras! —gritaban los ratones.

Despereaux yacía sobre su espalda, abriendo y cerrando los ojos. ¿Cómo, se preguntó, había ido todo tan espantosamente mal? ¿No era el amor algo bueno? En la historia del libro, el amor era algo maravilloso. Debido a que el caballero amaba a la hermosa doncella era capaz de

—*Suficiente para el cuello —susurró el ratón—.
Ni más, ni menos.*

rescatarla y vivían felices para siempre. Para siempre. *Para siempre.* Despereaux estaba seguro de haber leído exactamente estas palabras una y otra y otra vez.

Tendido en el suelo, con el tambor retumbando y mientras los ratones chillaban, siguió oyendo al maestro del hilo gritar:

—¡Abran paso, abran paso!

Despereaux tuvo entonces un pensamiento súbito que lo dejó helado: ¿Se habría comido unas cuantas palabras algún otro ratón? ¿Acaso *no* habían vivido el caballero y la doncella felices para siempre?

Lector, ¿crees que existe algo equivalente a *para siempre?* O, como Despereaux, ¿has empezado también a dudar de la posibilidad de los finales felices?

—*Para siempre* —susurró Despereaux—. *Para siempre* —dijo de nuevo justamente cuando el carrete de hilo se detenía junto a él.

—¡El hilo, el hilo, el hilo! —murmuraron los ratones.

—Lo lamento —dijo el ratón que empujaba el carrete—, pero tengo que pedirte que te levantes. He de hacer mi trabajo.

Despereaux se puso lentamente en pie.

—Álzate sobre las patas traseras, por favor —dijo el maestro del hilo—. Son las reglas.

Despereaux se puso de pie sobre las patas traseras.

—Gracias —dijo el otro ratón—. Te lo agradezco

Mientras Despereaux miraba, el maestro del hilo

desenrolló un trozo de hilo rojo del carrete.

—Suficiente para el cuello —susurró el ratón—. Ni más ni menos. Eso es lo que el anterior maestro del hilo me enseñó: lo suficiente para el cuello.

Levantó la vista hacia Despereaux y, devolviéndola al trozo de hilo que había desenrollado del carrete, añadió:

—Y tú, amigo mío, tienes el cuello pequeño.

El maestro del hilo royó el hilo hasta que arrancó un pedazo. Entonces levantó las patas y las puso en torno al cuello del Despereaux; al acercarse a él, Despereaux notó un penetrante olor a apio. Podía sentir el aliento del maestro del hilo en la oreja mientas éste se esforzaba en hacer un nudo al final del hilo.

—¿Es bella? —susurró el maestro del hilo.

—¿Qué? —respondió Despereaux.

—Shhhhh. ¿Es bella la princesa?

—¿La princesa Guisante?

—Sí.

—Es mucho más adorable de lo que puedas imaginarte —respondió Despereaux.

—Así está bien —respondió el maestro del hilo echándose hacia atrás. Asintió con la cabeza y añadió—: una princesa adorable, así debe ser, como en un cuento de hadas. Y tú la amas, del modo que un caballero ama a una doncella. La amas con amor cortés, con un amor que se basa en el coraje, y en la cortesía, y en el honor, y en la devoción. Así debe ser.

—¿Cómo lo sabes? —preguntó Despereaux—. ¿Cómo sabes todo eso de los cuentos de hadas?

—Shhhh —respondió el ratón, que se acercó de nuevo a Despereaux; este volvió a notar el olor a apio, intenso y verde. El maestro añadió entre susurros:

—Ten valor, amigo mío. Ten valor por la princesa.

Y entonces dio un paso hacia atrás y volviéndose hacia los ratones gritó:

—¡Compañeros ratones, el hilo ha sido atado! ¡El hilo ha sido anudado!

Un rugido de aprobación se elevó de la multitud.

Despereaux enderezó los hombros; había tomado una decisión. Haría lo que el maestro del hilo había sugerido. Tendría valor por la princesa.

Incluso si (lector, ¿podría ser cierto?) tal cosa como *felices para siempre* no existiera.

Capítulo Doce ⁊
Adieu

EL SONIDO DEL TAMBOR cambió nuevamente: el tat final desapareció y sólo quedó el *bum*.

Bum, bum, bum.

Bum, bum, bum.

Lester se servía sólo de su cola, haciéndola bajar con gran fuerza y seriedad sobre el tambor.

El maestro del hilo se retiró.

En la estancia llena de ratones se hizo el silencio, un silencio expectante.

Y mientras Despereaux aguardaba de pie frente a ellos con el hilo rojo en torno al cuello y los catorce miembros del Consejo de los Ratones encaramados en los ladrillos, se adelantaron dos ratones musculosos con las cabezas cubiertas por trozos de paño negro. Las caperuzas llevaban orificios para los ojos y los oídos.

—Nosotros —dijo el más voluminoso de los dos—, te escoltaremos a las mazmorras.

—¡Despereaux! —gritó Antoinette—. ¡Ah, mi Despereaux!

Despereaux pasó la vista por la multitud de ratones hasta que vio a su madre: era fácil de localizar. En honor a su hijo más pequeño, que era enviado a las mazmorras, se había puesto una tremenda cantidad de maquillaje.

Cada uno de los ratones encapuchados puso una pata sobre los hombros de Despereaux.

—Es la hora —dijo el primer encapuchado de la izquierda—. En ese momento, Antoinette se abrió paso a través de la multitud y gritó:

—¡Es mi hijo, quiero decirle una última cosa a mi hijo!

Despereaux miró a su madre; se concentró con toda su alma en permanecer de pie frente a ella sin temblar. Se concentró en no ser una decepción para ella.

—Por favor —dijo Antoinette—, ¿qué le pasará? ¿Qué le ocurrirá a mi niño?

—Señora —dijo el primer encapuchado con una voz lenta y profunda—. Mejor que no lo sepa.

—Quiero saberlo, quiero saberlo. ¡Es mi hijo! El hijo de mi corazón. El más pequeño de mis ratoncitos.

El encapuchado permaneció en silencio.

—Díganme —dijo Antoinette.

—Las ratas —respondió el primero.

—Las ratas —respondió el segundo.

—Sí, sí. *Oui*. Las ratas. ¿Qué pasa con ellas?

—Las ratas se lo comerán —dijo el segundo encapuchado.

—¡Ah! —exclamó Antoinette—. *¡Mon Dieu!*

Ante el pensamiento de ser comido por las ratas, Despereaux lo olvidó todo sobre tener valor; olvidó todo sobre no ser una decepción. Empezó a notar que iba a desmayarse de nuevo. Pero su madre, que tenía un excelente sentido del tempo dramático, se le adelantó: llevó a cabo un bello e inmaculado desplome, aterrizando exactamente a los pies de Despereaux.

—Ya lo has conseguido —dijo el primer encapuchado.

—No importa —dijo el segundo—. Pasa por encima de ella; tenemos un trabajo que hacer y ninguna madre va a pararnos. A las mazmorras.

—A las mazmorras —repitió el primer encapuchado, pero su voz, tan profunda y determinada momentos antes, temblaba ahora un poco. Puso una pata sobre Despereaux y lo empujó hacia delante, y los dos encapuchados y Despereaux pasaron por encima de Antoinette.

La multitud les abrió paso.

Los ratones comenzaron a canturrear nuevamente:

—A las mazmorraaas, a las mazmorraaas, a las mazmorraaas.

El tambor continuaba retumbando.

Bum, bum, bum. Bum, bum, bum.

Y Despereaux fue sacado de la estancia.

En el último momento, Antoinette se recuperó de su desmayo y gritó una última palabra a su hijo.

Esa palabra, lector, fue *adieu*.

¿Sabes lo que significa *adieu*? No hace falta que consultes un diccionario: yo te lo digo. *Adieu* es una palabra francesa que significa adiós.

Adiós no es precisamente la expresión que te gustaría oír de labios de tu madre cuando estás siendo conducido a unas mazmorras por dos ratones descomunales escondidos tras capuchas negras.

Lo que te *gustaría* en lugar de ello sería algo así como: "Llévenme a mí en su lugar. *Soy* yo quien va a las mazmorras en lugar de mi hijo". En estas palabras hay un enorme consuelo.

Pero, lector, no hay consuelo alguno en la expresión "adiós" ni siquiera si la dices en francés. "Adiós" es una expresión que está llena de tristeza en cualquier idioma: no promete absolutamente nada. Una expresión tan definitiva...

Capítulo Trece ⁊
Perfidia ilimitada

LOS TRES RATONES CAMINARON JUNTOS abajo, abajo, abajo. El hilo que rodeaba el cuello de Despereaux estaba tenso: le parecía que lo asfixiaba. Intentó aflojarlo con una pata.

—No toques el hilo —ordenó el segundo encapuchado.

—Eso —repitió el primer encapuchado—: nada de tocar el hilo.

Se movían con rapidez; en los lugares en que Despereaux iba más despacio uno u otro encapuchado le golpeaban en el hombro y le decían que espabilara. Atravesaron agujeros en los muros y bajaron por escaleras doradas. Cruzaron estancias con puertas cerradas y otras con puertas abiertas de par en par. Los tres ratones atravesaron suelos de mármol y pesados adornos de terciopelo.

Se movieron por cálidas manchas de luz solar y oscuros lagos de sombras.

Éste, pensaba Despereaux, era el mundo que dejaba atrás, el mundo que conocía y amaba. Y allí, en algún lugar, la princesa Guisante reía y sonreía y llevaba el compás de la música dando palmas con las manos, ignorante del destino de Despereaux. Al ratón se le hizo repentinamente insoportable no ser capaz de comunicarle a la princesa lo que le estaba sucediendo.

—¿Me sería posible tener una última palabra con la princesa? —preguntó.

—¡Una palabra! —respondió el segundo encapuchado—. ¿Deseas tener una palabra con un ser humano?

—Deseo contarle lo que me ha sucedido.

—¡Cáspita! —dijo el primer encapuchado. Se detuvo y dio un golpe de frustración en el suelo con la pata—. ¡Troncho! No aprendes, ¿verdad?

La voz le resultaba horriblemente familiar a Despereaux.

—¿Frano? —preguntó.

—¿Qué? —respondió irritado el primero de los ratones.

Despereaux se echó a temblar: era su propio hermano el que lo llevaba a las mazmorras. Su corazón dejó de latir y se encogió hasta el tamaño de un guijarro, pequeño, frío e incrédulo.

Pero entonces, con la misma rapidez, revivió nuevamente latiendo de esperanza.

Despereaux temblaba. Su propio hermano
lo conducía a las mazmorras.

—Frano —dijo Despereaux, tomando una de las patas de su hermano entre las suyas—, por favor, déjame ir. Por favor, que soy tu hermano.

Frano puso los ojos en blanco, retiró su pata de entre las de Despereaux y respondió:

—No. De ninguna manera.

—Por favor —rogó Despereaux.

—¡Que no! —contestó Frano—. Las reglas son las reglas.

Lector, ¿recuerdas el significado de la palabra "perfidia"? Según nuestra historia avanza "perfidia" resulta cada vez más apropiada, ¿verdad?

"Perfidia" era ciertamente la palabra que estaba en la mente de Despereaux mientras los ratones se acercaban a las estrechas y empinadas escaleras que conducían al agujero negro de las mazmorras.

Allí, de pie, los tres ratones, dos con capuchas y uno sin ella, se detuvieron para contemplar el abismo que se abría ante ellos.

Y entonces Frano se alzó sobre sus patas traseras y, poniendo su pata derecha sobre el corazón, declaró hacia la oscuridad:

—¡Por el bien del castillo de los ratones entregamos en este día a las mazmorras un ratón que debe ser castigado! Lleva, de acuerdo con las leyes establecidas, el hilo rojo de la muerte.

—¿El hilo rojo de la muerte? —repitió Despereaux con una vocecilla temblorosa—. "Llevar el hilo rojo de la muerte" era una frase terrible, pero el ratón no tuvo mucho tiempo para considerar sus implicaciones porque repentinamente fue empujado desde atrás por los dos ratones encapuchados.

Fue un empujón fuerte que envió volando a Despereaux escaleras abajo, hacia las mazmorras. Mientras se desplomaba por los escalones, dando tumbos sobre sí mismo en completa oscuridad, sólo tenía dos palabras en la cabeza: una era "perfidia" y la otra era "Guisante".

Perfidia. Guisante. Perfidia. Guisante. Éstas eran las dos palabras que daban vueltas en la mente de Despereaux mientras su cuerpo se precipitaba en la oscuridad.

Capítulo Catorce ∞
Oscuridad

DESPEREAUX SE QUEDÓ TUMBADO SOBRE LA ESPALDA al final de las escaleras y fue tocándose los huesos del cuerpo uno por uno. Todos estaban allí y, sorprendentemente, ninguno roto. Se irguió sobre sus patas y al momento notó un olor espantoso, horrible, extremadamente agresivo.

Las mazmorras, lector, apestaban. Apestaban a desesperación y sufrimiento y desesperanza. Esto significa que las mazmorras olían a ratas.

¡Y estaba tan oscuro! Despereaux nunca antes había conocido una oscuridad tan espantosa, una oscuridad que lo envolvía todo. Era una oscuridad que tenía presencia física como si fuera un ser vivo. El ratón levantó una de sus patitas frente a sus bigotes. No podía verla, y se abrió paso en su mente el alarmante pensamiento de que quizá él, Despereaux Tilling, ni siquiera existía.

—¡Ay, Dios mío! —dijo en voz alta.

El eco de su voz resonó en la pestilente oscuridad.

—Perfidia —dijo Despereaux, simplemente para oír su voz de nuevo, para asegurarse de que existía.

—Guisante —dijo luego Despereaux, y la oscuridad se tragó inmediatamente el nombre de su amada. Tembló, se sacudió, y estornudó. Le castañetearon los dientes. Anhelaba su pañuelo. Se agarró a su cola (le llevó un largo y terrible momento localizarla, tan absoluta era la oscuridad) para tener algo, cualquier cosa, a lo que agarrarse. Consideró la posibilidad de desmayarse: le parecía que era la única respuesta razonable a la situación en la que se encontraba, pero entonces recordó las palabras del maestro del hilo: honor, cortesía, devoción y valor.

"Tendré coraje", pensó Despereaux. "Intentaré ser tan valiente como un caballero de resplandeciente armadura". "Tendré coraje por la princesa Guisante".

Pero, ¿cómo podría demostrar coraje?

Se aclaró la garganta, se soltó la cola, se irguió muy tieso y dijo en voz alta hacia la oscuridad:

—Había una vez.

Pronunció estas palabras porque eran las mejores, las palabras más poderosas que conocía y sólo decirlas le consolaba.

—Había una vez —repitió sintiéndose un poco más valiente—, un caballero que llevaba siempre una resplandeciente armadura de plata.

—¿Había una vez? —atronó una voz en la oscuridad—. ¿Un caballero de armadura resplandeciente? ¿Qué sabe un ratón de tales cosas?

Aquella voz, la voz más poderosa que Despereaux hubiera oído nunca, sólo podía pertenecer a la rata más grande del mundo.

El pequeño y cansado corazón de Despereaux dejó de latir.

Y por segunda vez ese día el ratón se desmayó.

Capítulo Quince ❧
Luz

CUANDO DESPEREAUX SE DESPERTÓ, estaba acurrucado en una mano humana grande y callosa, y miraba la llama de una cerilla más allá de la cual un gran ojo oscuro lo escudriñaba.

—Un ratón con hilo rojo —resonó la voz—. Oh, sí, Gregorio conoce las costumbres de los ratones y de las ratas. Gregorio sabe. Y Gregorio tiene su propio hilo, su marca. Mira esto, ratón.

El humano encendió entonces una vela y Despereaux pudo ver que había una cuerda atada al tobillo del hombre, que añadió:

—He aquí la diferencia entre nosotros: la cuerda de Gregorio lo salva y el hilo que tú llevas será tu muerte.

El hombre apagó entonces la vela de un soplido, la oscuridad se hizo de nuevo completa y la mano se cerró

—Sigue, ratón —dijo Gregorio—.
Cuéntale una historia a Gregorio.

con más fuerza sobre Despereaux, que sintió cómo su maltratado corazón tamborileaba de miedo.

—¿Quién eres tú? —preguntó con un susurro.

—La respuesta a esa pregunta, ratón, es Gregorio. Estás hablando con Gregorio, el carcelero, que fue enterrado aquí para vigilar estas mazmorras, hace décadas, hace siglos, hace eones. Hace eternidades. Estás hablando con Gregorio el carcelero, que en la mejor de las ironías no es nada más que un preso.

—Oh —respondió Despereaux—, uh... ¿puedo bajar, Gregorio?

—El ratón quiere saber si Gregorio el carcelero va a dejarle ir. Escucha a Gregorio, ratón. No quieras que te deje ir. Aquí, en estas mazmorras, estás en el oscuro y traicionero corazón del mundo. Y si Gregorio te liberara, los recodos y vueltas y callejones sin salida y pasadizos falsos de este lugar te tragarían para toda la eternidad. Sólo Gregorio y las ratas saben cómo orientarse en este laberinto. Las ratas, porque le es familiar, porque su forma es la imagen de sus negros corazones. Y Gregorio, porque la cuerda está atada para siempre a su tobillo y la cuerda lo guía al punto de partida. Gregorio te dejaría ir, pero lo único que harías sería suplicarle que te agarrara de nuevo. Las ratas vienen a por ti, ya lo sabes.

—¿Vienen?

Despereaux escuchó atentamente y oyó con toda claridad las uñas y los dientes de las ratas, el sonido de cosas afiladas que se afilan todavía más.

—Te despellejarán y luego separarán la carne de tus huesos. Cuando terminen contigo, no quedará nada salvo el hilo rojo. El hilo rojo y los huesos. Gregorio lo ha visto muchas veces, el final trágico de un ratón.

—Pero necesito vivir —respondió Despereaux—. No puedo morir.

—No puedes morir. Ah, qué encantador. ¡Dice que no puede morir! —Gregorio cerró su mano con más fuerza sobre Despereaux y añadió:

—¿Y por qué ha de ser así, ratón? ¿Por qué no puedes morir?

—Porque estoy enamorado. Amo a alguien y es mi deber servirla.

—Amor —respondió Gregorio—. Amor. Óyeme bien, te mostraré los retorcidos resultados del amor.

Mientras pronunciaba estas palabras encendió otra cerilla, prendió la vela de nuevo y la levantó para que su llama iluminara una enorme y tambaleante pila de cucharas y ollas y cuencos para sopa.

—Mira eso, ratón —dijo Gregorio—. Es un monumento a la tontería del amor.

—¿Qué es? —preguntó Despereaux contemplando la torre que se perdía en la oscuridad.

—Es lo que parece: cucharas, cuencos, ollas. Todas hablan del dolor de amar algo viviente. El rey amaba a la reina y la reina murió: esta monstruosidad, este montón de basura es el resultado del amor.

—No lo entiendo —dijo Despereaux.

—Y seguirás sin entenderlo hasta que no pierdas a quien amas. Pero ya está bien de amor —dijo Gregorio apagando la vela de un soplido—; en lugar de ello vamos a hablar de tu vida y de cómo Gregorio la salvará si así lo quieres.

—¿Y por qué habrías de salvarme? —preguntó Despereaux—. ¿Has salvado a otros ratones?

—Nunca —contestó Gregorio—; ni uno.

—¿Y por qué salvarme a mí entonces?

—Porque tú, ratón, le puedes contar una historia a Gregorio. Las historias son luz, y la luz es preciosa en un mundo tan oscuro. Empieza por el principio. Cuéntale una historia a Gregorio. Dale algo de luz.

Y, como Despereaux quería vivir por encima de todo, dijo:

—Había una vez...

—Sí —contestó Gregorio feliz. Levantó su mano más y más hasta que los bigotes de Despereaux cosquillearon su oreja, que estaba desgastada por el tiempo y tenía la consistencia del cuero.

—Sigue, ratón —añadió Gregorio—. Cuéntale una historia a Gregorio.

Y de este modo Despereaux se convirtió en el único ratón enviado a las mazmorras que las ratas no redujeron a una pila de huesos y a un trozo de hilo rojo.

De este modo, pues, fue salvado Despereaux.

Lector, si no te importa, es aquí donde dejaremos a nuestro pequeño ratón por ahora: en la oscuridad de las mazmorras, sobre la mano de un viejo carcelero, contando una historia para salvarse.

Nos corresponde en este momento centrar nuestra atención en otra parte: ha llegado el momento, lector, de hablar de ratas, y de una rata en especial.

Fin del primer libro

Libro
SEGUNDO

CLAROSCURO

Capítulo Dieciséis ✺
Cegado por la luz

MIENTRAS NUESTRA HISTORIA CONTINÚA, lector, debemos retroceder en el tiempo hasta el nacimiento de una rata, una rata llamada Claroscuro y conocida como Roscuro, una rata nacida entre la inmundicia y la oscuridad de las mazmorras, varios años antes de que el ratón Despereaux naciera escaleras arriba, en la luz.

Lector, ¿conoces la definición de la palabra "claroscuro"? Si miras en tu diccionario te dirá algo así como que significa la distribución de lo claro y lo oscuro, de la oscuridad y de la luz. A las ratas no les gusta la luz: a los padres de Roscuro les hizo mucha gracia ponerle ese nombre a su hijo, porque las ratas tienen sentido del humor. Las ratas, en realidad, creen que la vida es muy divertida. Y tienen razón, lector; tienen toda la razón.

En el caso de Claroscuro, sin embargo, la broma tuvo un matiz de profecía, porque sucedió que cuando Roscuro era una rata muy joven, se encontró con gran cantidad de cuerda en el suelo de las mazmorras.

—Ah, ¿qué tenemos aquí? —se preguntó Roscuro.

Como era una rata, comenzó inmediatamente a mordisquear la cuerda.

—¡Para ahora mismo! —dijo una voz resonante mientras una mano descendía de la oscuridad y levantaba a la rata cabeza abajo sosteniéndola por la cola.

—¿Por qué roes la cuerda de Gregorio, rata?

—¿Quién quiere saberlo? —respondió Roscuro, porque hasta cabeza abajo seguía siendo una rata.

—Eres una rata listilla, una rata listilla, que roe-roe-roe la cuerda de Gregorio. Gregorio va a enseñarte a tontear con su cuerda.

Y mientras tenía a Roscuro cabeza abajo, Gregorio encendió una cerilla con la uña de su pulgar, *ssssttttttt*, y acercó la brillante llama a la cara de Roscuro.

—¡¡Ahhh!! —gritó Roscuro echando la cabeza hacia atrás para apartarla de la luz. Pero ay, ay, ay, no cerró los ojos y la llama explotó en torno a él y bailó dentro de él.

—¿No te ha enseñado nadie las reglas? —preguntó Gregorio.

—¿Qué reglas?

—La cuerda de Gregorio, rata, es cosa aparte.

—¿Y?

—Pide disculpas por roer la cuerda de Gregorio.

—De eso nada —contestó Roscuro.

—Discúlpate.

—No.

—Rata asquerosa —dijo Gregorio—. Rata de alma negra. Ya se las ha visto Gregorio con las ratas.

Acercó la cerilla todavía más a la cara de Roscuro, y un terrible olor a bigotes quemados se extendió entre el carcelero y la rata. Entonces la cerilla se apagó y Gregorio soltó la cola de Roscuro, que fue tragada por la oscuridad.

—¡No vuelvas a tocar nunca la cuerda de Gregorio o lo lamentarás!

Roscuro se sentó en el suelo de las mazmorras. Los bigotes del lado izquierdo habían desaparecido. El corazón le latía alocadamente y aunque se había apagado la cerilla, su luz bailaba todavía frente a los ojos de la rata, incluso cuando los cerraba.

—Luz —dijo en voz alta y entonces, susurrando, repitió—: luz.

De ahí en adelante, Roscuro mostró un interés anormal, desordenado, por toda clase de iluminación. Estaba siempre atento, en la oscuridad de las mazmorras, al resplandor más pequeño, al destello más leve, a la titilación más imperceptible.

Su alma de rata anhelaba la luz inexplicablemente; empezó a pensar que la luz era lo único que le daba significado a la vida y le desesperaba tener tan poca.

Un día terminó por hablarle de sus sentimientos a su amigo, una rata muy vieja con una sola oreja llamada Botticelli Remorso.

—Pienso —dijo Roscuro— que el sentido de la vida es la luz.

—¡Luz! —respondió Botticelli—. Ja-ja-ja: me matas. La luz no tiene nada que ver con ello.

—¿Pues cuál es entonces? —preguntó Roscuro.

—El sentido de la vida —respondió Botticelli— es el sufrimiento, específicamente el sufrimiento de otros. De los presos, por ejemplo. Reducir un preso a una cosa sollozante e implorante es un modo delicioso de dotar de sentido a tu existencia.

Mientras hablaba, Botticelli balanceaba, en el extremo de una uña extraordinariamente larga de la pata derecha, un relicario en forma de corazón. Se lo había quitado a un preso y lo llevaba sujeto por un cordón. Siempre que Botticelli hablaba, el relicario se movía adelante y atrás, adelante y atrás, balanceándose.

—¿Me estás escuchando? —le dijo Botticelli a Roscuro.

—Estoy escuchando.

—Bien —respondió Botticelli—. Haz lo que te digo y tu vida estará llena de sentido. Así se tortura a un preso: primero, debes convencerle de que eres un amigo. Escúchale. Anímale a confesar sus pecados. Y cuando sea el momento háblale, dile lo que quiere oír. Dile, por ejemplo, que le perdonarás. Ésta es una maravillosa broma para gastarle a un preso, prometer perdón.

—¿Por qué? —preguntó Roscuro. Sus ojos iban adelante y atrás, adelante y atrás, siguiendo el relicario.

—Porque —respondió Botticelli— tú lo prometes, pero... humm... no lo otorgas. Te ganas su confianza, y luego te niegas. Te niegas a ofrecerle lo que quiere por encima de todo. Perdón, libertad, amistad, sea cual sea el anhelo más profundo de su corazón, se lo niegas.

Llegado a este punto de su pequeña lección, Botticelli empezó a reírse tan fuerte que tuvo que sentarse para recuperar el aliento. El relicario se balanceó lentamente adelante y atrás y se detuvo por completo.

—¡Ja! —se rió Botticelli— ¡ja-ja-ja! Te ganas su confianza, luego lo rechazas y ¡ja-ja! te conviertes en lo que él sabía que eras todo el tiempo, en lo que tú sabías que eras todo el tiempo: no un amigo, no un confesor, no alguien que perdona sino... ¡ja-ja-ja! *Una rata*.

Botticelli se enjugó los ojos, meneó la cabeza y dejó escapar un suspiro de profunda satisfacción. Puso el relicario en movimiento de nuevo y añadió:

—En ese punto, resulta enormemente eficaz corretear adelante y atrás sobre los pies del preso, induciendo terror físico además del terror emocional. Oh, ¡es un juego tan delicioso, tan delicioso! Y está absolutamente lleno de significado.

—Me gustaría mucho torturar a un preso —dijo Roscuro—. Me encantaría hacer sufrir a alguien.

—Ya llegará tu hora —respondió Botticelli—. En este momento todos los presos han recibido lo suyo. Pero ya llegarán presos nuevos más pronto o más tarde. ¿Y cómo sé que esto es verdad? Porque, afortunadamente, Roscuro, existe el mal en el mundo. Y la presencia del mal garantiza la existencia de presos.

—Así que, ¿habrá pronto un preso para mí?

—Sí —respondió Botticelli Remorso—. Sí.

—Estoy ansioso por vérmelas con él.

—¡Ja-ja-ja! Claro que estás ansioso por vértelas con él. Estás ansioso porque eres una rata, una verdadera rata.

—Sí —respondió Roscuro—. Soy una verdadera rata.

—A la que no preocupa en absoluto la luz —dijo Botticelli.

—A la que no preocupa en absoluto la luz —repitió Roscuro.

Botticelli rió de nuevo y meneó la cabeza. El relicario, que colgaba de su larga uña, oscilaba de delante atrás, de delante atrás.

—Tú, mi joven amigo, eres una rata. Exactamente. Sí. El mal. Presos. Ratas. Sufrimiento. Todo encaja con tanta precisión, tan dulcemente. Oh, es un mundo adorable, un mundo oscuro y adorable.

Capítulo Diecisiete ∞
Pequeños consuelos

NO MUCHO DESPUÉS de esta conversación entre Botticelli y Roscuro llegó un preso. La puerta de las mazmorras se cerró de golpe y las dos ratas vieron a un soldado del rey que conducía a un hombre escaleras abajo hacia las mazmorras.

—Excelente —susurró Botticelli—. Éste es tuyo.

Roscuro miró al hombre atentamente y respondió:

—Le haré sufrir.

Pero mientras tenía la vista fija en el hombre, la puerta de las mazmorras se abrió de golpe y un rayo de brillante y densa luz vespertina se abrió paso en la oscuridad.

—Uf —dijo Botticelli cubriéndose los ojos con una pata.

Lector, esto es importante: la rata llamada Claroscuro no apartó la vista. Permitió que la luz que llegaba del mundo, al otro extremo de las escaleras, entrara en él y lo llenara. Dejó escapar un sonido de asombro.

—¡Dale sus pequeños consuelos! —gritó una voz en lo alto de las escaleras y un trapo rojo apareció en la luz. El trapo quedó suspendido durante un instante, rojo intenso, resplandeciente, y entonces la puerta se cerró nuevamente de golpe, la luz desapareció y el trapo cayó al suelo. Fue Gregorio, el carcelero el que se agachó a recogerlo.

—Vamos —dijo el viejo tendiéndole el trapo al preso—, quédate con él. Necesitarás hasta la última brizna de calor aquí abajo.

El preso agarró el trapo y se ciñó los hombros con él como si fuera una capa. El soldado del rey dijo entonces:

—Muy bien, Gregorio, es todo tuyo.

Después se volvió, subió las escaleras, abrió la puerta que daba al mundo exterior; y un poquito de luz se deslizó hacia abajo antes de que cerrara la puerta tras él.

—¿Viste eso? —le preguntó Roscuro a Botticelli.

—Espantosamente horrible —dijo Botticelli—.

Ridículo. Pero ¿qué pretenden dejando entrar toda esa luz de una vez? ¿No saben que esto es una mazmorra?

—Era hermosa —dijo Roscuro.

—No —respondió Botticelli—. No.

Miró a Roscuro fijamente y repitió:

—Nada de hermosa. No.

—Tengo que ver más luz, tengo que verla toda —dijo Roscuro—. Tengo que subir esas escaleras.

Botticelli suspiró y dijo:

—¿A quién le importa la luz? Me aburre tu obsesión por ella. Somos ratas. ¡Ratas! No nos gusta la luz. Somos de la oscuridad. Somos del sufrimiento.

—Pero —dijo Roscuro—, escaleras arriba...

—Sin peros —respondió Botticelli—. Nada de peros. Ni uno. Las ratas no suben esas escaleras. Eso de allí arriba es dominio de los ratones.

Agarró entonces el relicario que tenía en torno al cuello.

—¿De qué —dijo balanceándolo atrás y adelante— está hecho este cordón? De bigotes.

—¿Bigotes de quién?

—De ratones. Exactamente. ¿Y quién vive escaleras arriba?

—Ratones.

—Exactamente. Ratones —dijo Botticelli volviendo la cabeza y escupiendo en el suelo—. Los ratones son sólo unas bolsitas de sangre y huesos que tienen miedo de todo. Son despreciables, risibles, lo contrario de todo lo que nos esforzamos por ser. ¿De verdad quieres vivir en su mundo?

Roscuro levantó la vista, más allá de Botticelli, hacia la deliciosa franja de luz que se veía por debajo de la puerta. No dijo nada.

—Escucha —dijo Botticelli—, esto es lo que tienes que hacer: vete y tortura al preso. Vete y quítale el trapo

Roscuro, sin embargo, miró directamente a la luz.

rojo. Ese trapo colmará tu anhelo de poseer algo de ese mundo. Pero nada de subir buscando la luz: lo lamentarías. Mientras hablaba, el relicario se balanceaba adelante y atrás, adelante y atrás. Después de unos segundos añadió:

—No perteneces a ese mundo. Eres una rata. Una rata. Dilo conmigo.

—Una rata —repitió Roscuro.

—Ah, estás haciendo trampas. Tienes que decir *soy una rata* —dijo Botticelli, sonriendo su lenta sonrisa a Roscuro.

—Soy una rata —dijo Roscuro.

—Otra vez —dijo Botticelli balanceando el relicario.

—Soy una rata.

—Exactamente —dijo Botticelli—. Una rata es una rata es una rata. Fin de la historia. Para siempre. Amén.

—Sí —dijo Roscuro—. Amén, soy una rata.

Cerró los ojos y vio de nuevo el trapo rojo dando vueltas en el haz de oro.

Y se dijo, lector, que era el trapo lo que quería, no la luz.

Capítulo Dieciocho ∞
Confesiones

ROSCURO FUE, tal como Botticelli le había dicho, a torturar al nuevo preso y a despojarle de su trapo rojo. El hombre estaba sentado con las piernas extendidas frente a él y encadenadas al suelo. El trapo rojo ceñía aún sus hombros.

Roscuro se escurrió entre las rejas y se arrastró lentamente sobre las húmedas losas del suelo de las mazmorras.

Cuando estuvo cerca del hombre, dijo:

—Ah, bienvenido, bienvenido. Nos encanta tenerte con nosotros.

El hombre encendió una cerilla y miró a Roscuro.

Roscuro contempló la luz, anhelante.

—Venga —dijo el preso. Sacudió una mano en su dirección y la cerilla se apagó—. No eres nada más que una rata.

—Eso es lo que soy —dijo Roscuro—, exactamente eso. Una rata. Permíteme felicitarte por tus muy agudos poderes de observación.

—¿Qué quieres, rata?

—¿Que qué quiero? Nada. Nada en cuanto a mí, esto es. He venido por ti. He venido para hacerte compañía, aquí, en la oscuridad.

Se acercó todavía más al hombre.

—No necesito la compañía de una rata.

—¿Y qué me dices del solaz que un oído comprensivo puede ofrecer? ¿Tampoco te hace falta eso?

—¿Eh?

—¿No te gustaría confesar tus pecados?

—¿A una rata? Estás bromeando, me tomas el pelo.

—Venga —dijo Roscuro—. Cierra los ojos y finge que no soy una rata. Finge que soy sólo una voz en la oscuridad. Una voz a quien le importas.

El preso cerró los ojos y respondió:

—De acuerdo. Te lo diré. Pero te lo cuento porque *no* tiene sentido no decírtelo, no tiene sentido tener secretos con una sucia ratita. No estoy tan desesperado como para que me haga falta mentir a una rata.

El hombre se aclaró la garganta y empezó:

—Estoy aquí por robar seis vacas, dos Jerseys y cuatro Guerneseys. Robar vacas, ése es mi delito.

Abrió los ojos, contempló la oscuridad y se rió. Cerró los ojos de nuevo y siguió hablando:

—Pero he hecho algo más hace muchos años, otro delito, y no tienen ni idea.

—Sigue —dijo Roscuro en voz baja. Se arrastró todavía más cerca del preso y tocó el mágico trapo rojo con una pata.

—Cambié a mi hija, a mi propia hija, por este trapo rojo, una gallina y un puñado de cigarrillos.

—¡Qué barbaridad! —respondió Roscuro.

No se sobresaltó al oír algo tan espantoso. Sus padres, después de todo, no lo habían querido demasiado, y seguro que si hubieran podido sacar algún beneficio lo hubieran vendido. Y, además, Botticelli Remorso, en una indolente tarde de domingo, había recitado de memoria todas las confesiones que había oído de los prisioneros. Para Roscuro no era ninguna sorpresa las cosas de las que eran capaces los humanos.

—Y además... —añadió el hombre.

—Y entonces... —le animó a seguir Roscuro.

—Y entonces hice lo peor de todo: me alejé mientras ella lloraba y me gritaba y me llamaba y yo ni siquiera miré hacia atrás. No miré. Oh, Dios, seguí andando.

El prisionero se aclaró la garganta y suspiró.

—Ah —respondió Roscuro—. Sí, ya veo.

Llegado a este punto tenía las cuatro patas sobre el trapo rojo.

—¿Te consuela este trapo por el que vendiste a tu hija?

—Da calor —respondió el hombre.

—¿Valió la pena cambiarlo por tu hija?

—Me gusta su color.

—¿Este trapo te recuerda tu terrible falta?

—Sí —dijo el prisionero sorbiéndose los mocos—. Sí.

—Permíteme que te alivie de tu carga —respondió Roscuro. Se puso sobre sus patas traseras, hizo una reverencia y añadió:

—Te libraré de este objeto que te recuerda tu pecado.

La rata agarró el trapo con sus fuertes dientes y lo arrancó de los hombros del preso.

—¡Eh, oye! ¿Qué haces? ¡Devuélveme eso!

Pero Roscuro, lector, era rápido. Atravesó los barrotes de la celda tirando del trapo a toda velocidad, como si fuera un truco de magia a la inversa.

—¡Oye! —gritó el prisionero—. ¡Devuélvemelo que es todo lo que tengo!

—Sí —respondió Roscuro—. Y ésa es exactamente la razón por la que lo quiero.

—¡Rata sucia! —gritó el preso.

—Sí —respondió Roscuro—. Tienes razón. Toda la razón del mundo.

Y allí se quedó el preso, mientras Roscuro arrastraba el trapo hasta su guarida y se sentaba a contemplarlo.

¡Que decepción! Mirándolo, Roscuro supo que Botticelli estaba equivocado. Lo que Roscuro quería, lo que necesitaba, no era el trapo, sino la luz que lo había iluminado.

Quería que la luz lo llenara, lo inundara, lo cegara de nuevo.

Y para eso, lector, la rata sabía que debía ir escaleras arriba.

Capítulo Diecinueve ∽
Luz, luz por doquier

IMAGÍNATE, SI PUEDES, cómo sería haber pasado toda tu vida en una mazmorra. Imagínate que un día de primavera por la tarde sales de la oscuridad a un mundo de brillantes ventanas y suelos pulidos, de destellantes calderos de cobre, resplandecientes armaduras y tapices tejidos con hilo de oro.

Imagínatelo. Y como estás imaginando cosas, imagínate también que al mismo tiempo que la rata sale de las mazmorras y sube al castillo, un ratón nace escaleras arriba, un ratón destinado a encontrarse con la rata anonadada por la luz.

Pero no se encontrarán hasta mucho más tarde, y por ahora la rata simplemente se siente feliz, encantada, asombrada de estar en un lugar donde hay tanta luz.

—Nunca —dijo Roscuro, pasando de un lugar iluminado

a otro entre tambaleos—, nunca me iré de aquí. No, jamás. Nunca volveré a las mazmorras. ¿Por qué tendría que volver? Nunca volveré a torturar a otro preso. Éste es mi sitio. La rata valseó felizmente de una estancia a otra hasta que se encontró a las puertas del salón de banquetes. Miró dentro y vio un grupo de personas formado por el rey Felipe, la reina Albahaca, la princesa Guisante, veinte nobles, un juglar, cuatro trovadores y todos los hombres del rey. Esta fiesta, lector, se convirtió en un festín para los ojos de la rata.

Roscuro nunca había visto gentes felices; sólo había conocido seres atormentados. Gregorio el carcelero y los que quedaban consignados en sus dominios no reían, ni sonreían, ni entrechocaban las copas con quienes se sentaban junto a ellos.

Roscuro estaba encantado. Todo resplandecía, todo. Las cucharas doradas de la mesa y las campanitas del gorro del juglar, las cuerdas de los laúdes de los trovadores, y las coronas del rey y de la reina sobre sus regias cabezas.

¡Y la princesita! ¡Qué adorable era! ¡Qué parecida a la luz! Su vestido estaba cubierto de adornos que resplandecían y destellaban. Y cuando se reía, y se reía a menudo, todo lo que la rodeaba parecía resplandecer aún más.

—Oh, vaya —dijo Roscuro—, esto es demasiado extraordinario, demasiado maravilloso. Tengo que decirle a Botticelli que estaba equivocado. El sufrimiento no es la respuesta; la luz es la respuesta.

Y entró en el salón del banquete. Levantó la cola del suelo y, manteniéndola en ángulo, caminó al compás de la música que los trovadores tocaban en sus laúdes. La rata, lector, se había invitado a sí misma a la fiesta.

Capítulo Veinte ❧
Vista desde la araña

DEL TECHO DEL SALÓN DE BANQUETES colgaba una maravillosa araña de cristal. Los cristales que la componían recogían la luz de las velas de la mesa y la luz del rostro de la risueña princesa. Bailaban al compás de la música de los juglares, adelante y atrás, titilando y destellando. ¿Qué mejor lugar para ver toda esta gloria, toda esta belleza?

Eran tantos los juegos, las canciones y las risas que la presencia de Roscuro pasó desapercibida incluso cuando trepó a la mesa por una de sus patas y de ahí se lanzó a uno de los brazos inferiores de la araña.

Colgado de una pata, se balanceó atrás y adelante, admirando el espectáculo que quedaba debajo de él: los olores de los manjares, el sonido de la música, y la luz, la luz, la luz. Asombroso. Increíble. Roscuro sonrió y meneó la cabeza.

¡Una rata! —gritó—.
¡Una rata se columpia de la araña!

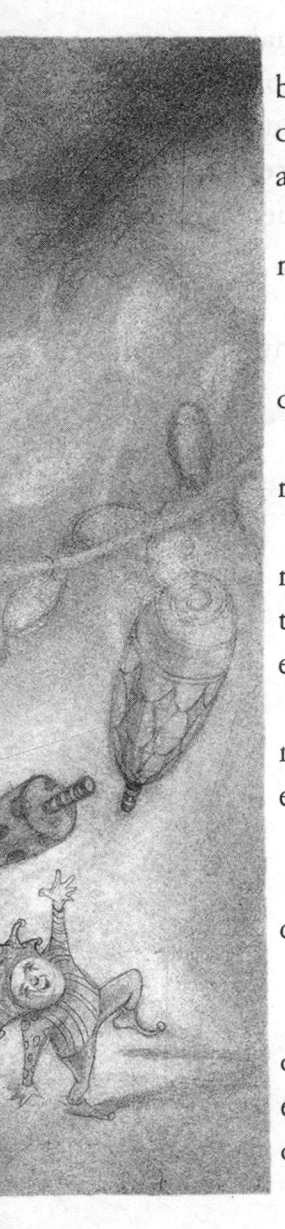

Una rata balanceándose en el brazo de una araña de cristal pasa desapercibida poco tiempo. Esto es así incluso en la fiesta más animada.

Lector, ¿sabes quién la vio primero?

Exactamente.

La princesa Guisante; los agudos ojos de la princesa Guisante.

—¡Una rata! —gritó—. ¡Una rata se columpia de la araña!

Como ya he dicho, la fiesta era ruidosa. Los juglares tocaban y cantaban, los asistentes reían y comían, el gorro de campanillas tintineaba.

Nadie, en medio de este alboroto feliz oyó a Guisante. Nadie excepto Roscuro.

Rata.

Antes nunca había sido consciente de lo fea que era esa palabra.

Rata.

En medio de toda esta belleza, quedó inmediatamente claro que éstas eran dos sílabas pero que muy desagradables.

Rata.

Una maldición, un insulto, una palabra carente por completo de luz. Y hasta que Roscuro no la oyó de labios de la princesa no se dio cuenta realmente de que no le gustaba ser una rata, de que no quería ser una rata. Esta revelación golpeó a Roscuro con tal fuerza que le hizo soltarse del brazo de la araña.

La rata, lector, se cayó.

Y, ¡ay!, se cayó en picado, directamente, en el plato de sopa de la reina.

Capítulo Veintiuno ∞
Las últimas palabras de la reina

A LA REINA LE ENCANTABA LA SOPA. Le gustaba la sopa más que ninguna otra cosa en el mundo exceptuando la princesa y el rey y, como a la reina le gustaba tanto, se servía sopa en todos los banquetes que se celebraban en el castillo, y en cada almuerzo y en cada cena.

¡Y vaya sopa que se servía! El amor y la admiración que Cocinera sentía por la reina y su paladar hacían que la sopa que preparaba pasara del nivel de simple alimento al de arte sublime.

En este día particular, y para este particular banquete, Cocinera se había superado: la sopa era una obra maestra, una delicada mezcla de pollo, berros y ajos.

Roscuro no pudo evitar ingerir unos sorbos mientras ascendía del fondo del voluminoso plato de la reina.

—Deliciosa —comentó distrayéndose un momento de la miseria de su existencia—. Buenísima.

—¿Ven? —gritó Guisante—. ¡Pero lo ven!

Se puso de pie señalando con un dedo a Roscuro y añadió:

—¡Es una rata! ¡Ya les dije que había una rata! Estaba colgada de la araña y ahora está en la sopa de mamá.

Los músicos dejaron de tocar y el juglar interrumpió sus carantoñas. Los nobles dejaron de comer.

La reina miró a Roscuro.

Roscuro miró a la reina.

Lector, honestamente debo comunicarte una verdad difícil y poco agradable. Las ratas no son criaturas bellas. Ni siquiera monas. Son, en realidad, unos animales bastante repugnantes, especialmente cuándo aparecen en tu plato de sopa, con trocitos de berro colgando de los bigotes.

Se produjo un largo momento de silencio y entonces Roscuro dijo dirigiéndose a la reina:

—Le ruego que me perdone.

La reina lanzó su cuchara por los aires y profirió un ruido increíble, un ruido increíble que no era en absoluto digno de una reina, un ruido a medias entre el relincho de un caballo y el berrido de un cerdo, un ruido que sonó algo así como *neiggghhhhiiinnnnkkkkk*.

Entonces guardó silencio un momento y añadió:

—Hay una rata en mi sopa.

La reina era en verdad un alma simple, y todo lo que había hecho en su vida era señalar lo absolutamente obvio. Murió como había vivido.

"Hay una rata en mi sopa" fueron las últimas palabras que pronunció: se agarró el pecho convulsivamente y se desplomó hacia atrás. Su real silla cayó al suelo con un ruido sordo, y todo el salón de banquetes estalló. Se tiraron cubiertos y se retiraron sillas.

—¡Sálvenla! —tronó el rey—. ¡Tienen que salvarla!

Todos los hombres del rey corrieron a intentar ayudar a la reina.

Roscuro salió como pudo del plato de sopa. Pensó que dadas las circunstancias lo mejor que podía hacer era largarse. Mientras cruzaba a todo correr la mesa, recordó las palabras del preso en las mazmorras, su dolor por no haberse vuelto hacia su hija cuando se alejaba de ella. Así pues, Roscuro se volvió.

Miró hacia atrás.

Y vio que la princesa tenía los ojos clavados en él: era una mirada llena de repugnancia e ira. "Vuelve a las mazmorras", es lo que aquella mirada le decía. "Vuelve a la oscuridad a la que perteneces".

Esta mirada, lector, le rompió el corazón a Roscuro.

¿Crees que las ratas no tienen corazón? Te equivocas. Todos los seres vivos tienen corazón. Y el corazón de cualquier ser vivo puede romperse.

Si la rata no hubiera mirado por encima del hombro, quizá su corazón no se hubiera roto. Y es posible que entonces yo no hubiera tenido una historia que contar.

Pero, lector, miró.

Capítulo Veintidós ❧
Roscuro recompone su corazón

ROSCURO SE DISPUSO A HUIR del salón de banquetes.

—Una rata —dijo poniéndose una pata sobre el corazón—, soy una rata. Y no hay luz para las ratas. No habrá luz para mí.

Los hombres del rey estaban todavía inclinados sobre la reina. El rey gritaba "¡Sálvenla! ¡Sálvenla!". Y la reina seguía muerta, naturalmente, cuando Roscuro encontró su cuchara tirada en el suelo. "Tendré algo hermoso —pensó—. Soy una rata, pero tendré algo hermoso. Voy a tener una corona propia". Recogió la cuchara y se la puso en la cabeza.

—Sí —dijo Roscuro, ahora en voz alta—. Tendré algo hermoso y me vengaré. Las dos cosas. De algún modo.

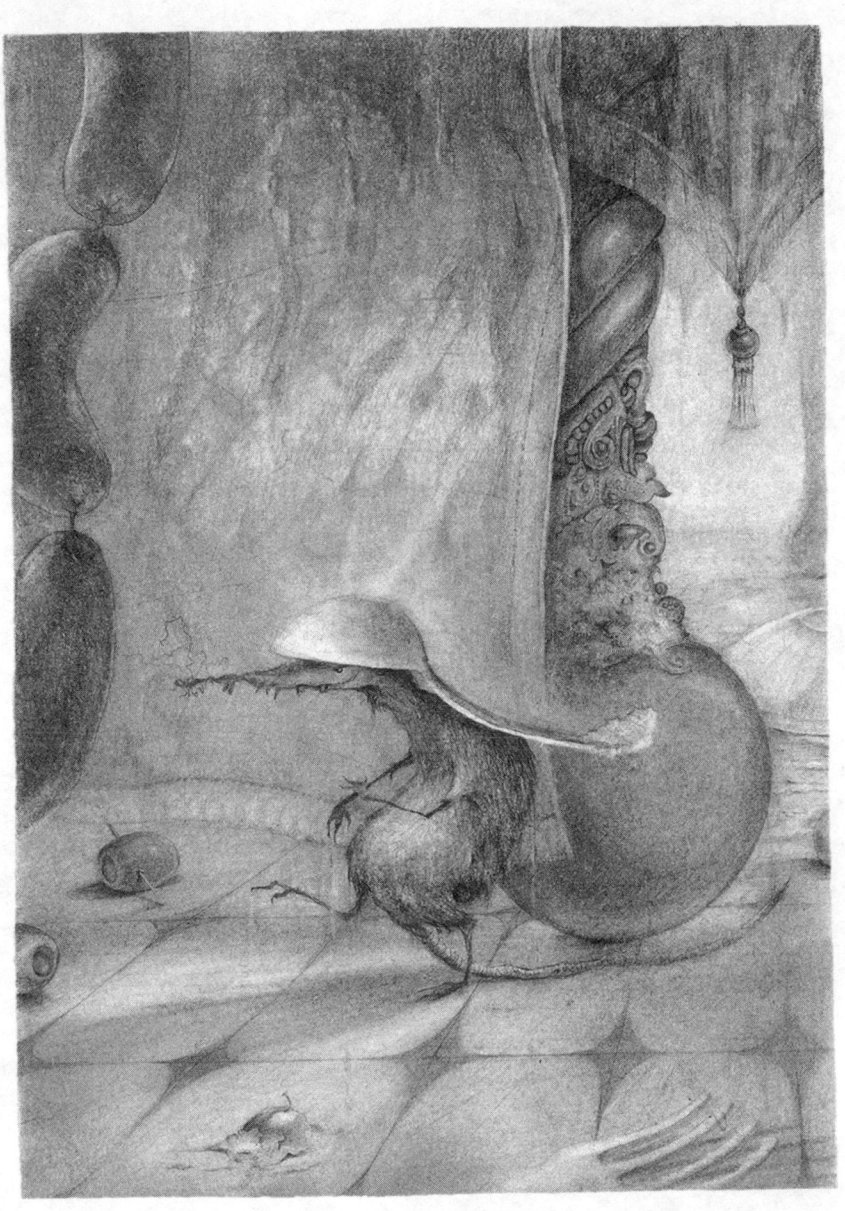

—Sí —dijo Roscuro, ahora en voz alta—.
Tendré algo hermoso y me vengaré.

Hay corazones, lector, que nunca se recomponen cuando se rompen. O, si se recomponen, se curan de una forma torcida, como si los hubiera cosido un sastre descuidado. Ése era el destino de Claroscuro. Su corazón se había roto, pero recoger la cuchara, ponérsela en la cabeza y hablar de venganza lo ayudaba a recomponerlo. Pero, ¡ay!, estaba mal arreglado.

—¿Dónde está la rata? —gritó el rey—. ¡Tráiganme esa rata!

—Si quieres encontrarme —susurró Roscuro, mientras salía del salón de banquetes—estaré en las mazmorras, en la oscuridad.

Capítulo Veintitrés ∞
Consecuencias

EL COMPORTAMIENTO DE ROSCURO TUVO, naturalmente, horribles consecuencias. Cada acción, lector, sin importar cuán pequeña sea, tiene consecuencias. Por ejemplo, el joven Roscuro royó la cuerda de Gregorio el carcelero y, a causa de haber roído esa cuerda, se encendió una cerilla frente a su cara y, a causa de esa cerilla encendida frente a su cara, su alma se incendió.

El alma de la rata había sido incendiada y, a causa de ello, subió las escaleras en busca de la luz. Escaleras arriba, en el salón de banquetes, la princesa Guisante advirtió su presencia y profirió la palabra "rata" y, a causa de ello, Roscuro cayó en el plato de la reina. Y, a causa de que la rata cayera en el plato de sopa de la reina, la reina murió. ¿Te das cuenta cómo todo se relaciona con todo lo demás? Está bastante claro que cada acción tiene una consecuencia.

Por ejemplo (si, lector, me lo permites, y me das tu venia para continuar esta meditación sobre las consecuencias), debido a que la reina había muerto mientras tomaba la sopa, el rey, con el corazón roto, declaró proscrita la sopa; y como la sopa había sido proscrita, también lo fueron todos los útiles relacionados con su preparación y su consumo: cucharas, platos y ollas. Todas estas cosas les fueron retiradas a los habitantes del reino de Dor, y fueron apiladas en las mazmorras.

Y a causa de que Roscuro fue deslumbrado por la luz de una cerilla y subió las escaleras y se cayó en el plato de sopa de la reina, y la reina murió, el rey decretó la muerte de todas las ratas del reino. Los hombres del rey bajaron valerosamente a las mazmorras para matar a las ratas; lo que pasa es que si pretendes matar a una rata, primero tienes que *encontrarla*. Y si una rata no quiere ser encontrada, lector, no la encuentras.

Lo único que los hombres del rey consiguieron fue perderse en los tortuosos corredores de las mazmorras. Hubo unos cuantos en realidad que no fueron capaces de dar con la salida y murieron allí, en el oscuro corazón del castillo. Así pues, el exterminio de las ratas no tuvo éxito. Llevado por la desesperación, el rey Felipe declaró que las ratas eran ilegales: las declaró proscritas.

Ésta era, desde luego, una ley ridícula, ya que para empezar las ratas son proscritas de por sí. ¿Y cómo puedes proscribir a un proscrito? Es un desperdicio de tiempo y de energía. Sin embargo, el rey decretó oficialmente que todas las ratas del reino de Dor quedaban proscritas y debían ser tratadas como tales. Cuando eres rey puedes promulgar tantas leyes ridículas como te parezca. Ésta es toda la gracia de ser rey.

Pero, lector, no debemos olvidar que el rey Felipe amaba a la reina y que sin ella estaba perdido. Éste es el peligro del amor: no importa cuán poderoso seas, no importa cuántos reinos domines, no puedes impedir la muerte de quien amas. Decretar ilegal la sopa, o proscribir a las ratas, eran cosas que sencillamente consolaban el corazón del rey. Así que debemos perdonarle.

¿Y qué fue de las ratas proscritas? ¿Qué fue de una rata proscrita en particular? ¿Qué fue de Claroscuro, también conocido como Roscuro?

En la oscuridad de las mazmorras, se sentaba en su nido con la cuchara sobre la cabeza. Trabajaba haciéndose un manto real con un trozo del mantel rojo. Y mientras trabajaba, la vieja rata de una sola oreja, Botticelli Remorso, se sentaba junto a él balanceando su relicario adelante y atrás, adelante y atrás, y diciendo:

—¿Ves lo que le trae a una rata subir las escaleras? Espero que hayas aprendido la lección. Tu tarea en este mundo es hacer que otros sufran.

—Sí —susurró Roscuro—. Sí. Eso es exactamente lo que pretendo hacer. Haré sufrir a la princesa para que pague por cómo me miró.

Y mientras Roscuro trabajaba y planeaba, el carcelero Gregorio se agarraba a su cuerda y recorría la oscuridad; en una húmeda celda, el preso que una vez había tenido un mantel y ahora no tenía nada, pasaba sus días y sus noches sollozando quedamente.

Por encima de las mazmorras, escaleras arriba, en el castillo, un ratoncito estaba solo una tarde mientras sus hermanos y hermanas buscaban mendrugos. Estaba de pie, con la cabeza inclinada hacia un lado, escuchando un sonido muy dulce al que aún no sabía cómo llamar. El amor del ratón por la música tendría consecuencias.

Tú, lector, ya conoces algunas de esas consecuencias. A causa de la música, el ratón llegaría hasta una princesa. Se enamoraría.

Y hablando de consecuencias: la misma tarde que Despereaux estaba de pie en el castillo oyendo música por primera vez, fuera del castillo, en la penumbra del crepúsculo, se acercaban más consecuencias. Un carro conducido por un soldado del rey donde se amontonaban cucharas y cuencos y ollas avanzaba lentamente hacia el castillo. Junto al soldado se sentaba una joven con orejas comparables a pellas de coliflor pegadas a los lados de su cabeza.

El nombre de la chica, lector, era Pinky Pampurrias. Y, aunque todavía no lo sabía, sería una ayuda imprescindible para que la rata cumpliera su venganza.

Fin del segundo libro

Libro
TERCERO

¡CARAMBOLAS!
La historia de
Pinky Pampurrias

Capítulo Veinticuatro ∽
Un puñado de cigarrillos, un trapo rojo
y una gallina

DE NUEVO, LECTOR, debemos ir hacia atrás antes de que podamos continuar hacia delante. Con esto dicho, aquí comienza una breve historia de la vida de Pinky Pampurrias, una chica nacida muchos años antes que el ratón Despereaux y la rata Claroscuro, una chica nacida muy lejos del castillo, una chica que debía su nombre a la cerda favorita de su padre, la cerda que ganaba siempre todos los premios.

Tenía seis años cuando su madre, agarrando fuerte la mano de Pinky y mirando de hito en hito los ojos de Pinky, se murió.

—¿Ma? —dijo Pinky—. Ma, ¿no puedes quedarte conmigo?

—Oh —dijo la madre—. ¿Quién es? ¿Quién me agarra la mano?

—Soy yo, Ma, Pinky Pampurrias.

—Ah, hija, déjame ir.

—Pero yo quiero que te quedes —dijo Pinky, enjugando primero su húmeda nariz y después sus ojos húmedos.

—Tú quieres —respondió la madre.

—Sí —contestó Pinky—, quiero.

—Ah, hija, ¿y qué importa lo que tú quieras? —dijo la madre.

Apretó la mano de Pinky, una vez, dos veces... y después se murió, dejando a Pinky sola con su padre que, un día de primavera que había mercado, al poco tiempo de la muerte de su esposa, vendió a su hija como chica de servicio por un puñado de cigarrillos, un trapo rojo y una gallina.

—¿Pa? —dijo Pinky cuando su padre se alejaba de ella con la gallina entre los brazos, un cigarrillo en la boca y el trapo rojo ceñido sobre sus hombros como si fuera una capa.

—Venga, Pinky —dijo—. Ahora perteneces a ese hombre.

—Pero yo no quiero, Pa —contestó Pinky—. Quiero ir contigo.

Pinky se agarró al trapo rojo y tiró de él.

—Por Dios, hija—contestó su padre—. ¿Y quién te pregunta lo que quieres? ¡Vete ya! Hizo que ella soltara el trapo, y que se diera la vuelta en la dirección del hombre que la había comprado.

Pinky miró cómo su padre se alejaba, con el trapo rojo ondeando tras él. Había abandonado a su hija y, lector, como ya sabes, no volvió la vista. Ni siquiera una vez.

¿Puedes imaginarlo? ¿Puedes imaginarte a tu padre vendiéndote por un trapo, una gallina y un puñado de cigarrillos? Cierra los ojos, por favor, e inténtalo al menos por un momento.

¿Ya?

Espero que se te haya puesto de punta el pelo de la nuca pensando en el destino de Pinky y en cómo te hubieras sentido si ese destino hubiera sido el tuyo.

Pobre Pinky. ¿Qué habrá sido de ella? Para enterarte no tienes más remedio, a pesar del miedo que sientas, que seguir leyendo y averiguarlo por ti mismo.

Lector, es tu deber.

Capítulo Veinticinco ☙
Un círculo vicioso

PINKY PAMPURRIAS llamaba Tío al hombre que la había comprado, tal y como él le había dicho que hiciera. Y también, como él le había dicho que hiciera, atendía las ovejas de Tío y cocinaba la comida de Tío y fregaba la olla de Tío. Hacía todo esto sin recibir a cambio ni una sola palabra de agradecimiento o de alabanza.

Otra circunstancia de la vida con Tío era que a éste le gustaba, pero que mucho, propinarle a Pinky lo que denominaba "un buen porrazo en la oreja". Para ser justos con Tío, hay que decir que siempre preguntaba si Pinky estaba interesada o no en recibir el porrazo.

Los intercambios cotidianos eran más o menos así:

Tío: —Pensé que te había dicho que limpiaras la olla.

Pinky: —Y la he limpiado, Tío. La he limpiado a conciencia.

Tío: —Ah, pues está muy sucia. Voy a tener que castigarte, ¿no?

Pinky: —Caray, Tío, que he limpiado la olla.

Tío: —¿Estás diciendo que soy un mentiroso, chica?

Pinky: —No, Tío.

Tío: —¿Quieres entonces un buen porrazo en la oreja?

Pinky: —No, gracias, Tío, no quiero.

Pero a Tío parecía importarle siempre muy poco lo que Pinky quisiera, tan poco como les había importado a su padre y a su madre. El porrazo en la oreja siempre se propinaba... Se propinaba, me temo, con una buena dosis de entusiasmo por parte de Tío, mientras que era recibido sin ningún entusiasmo por parte de Pinky.

Los porrazos eran alarmantemente frecuentes y Tío tenía buen cuidado de prestar la misma atención al lado izquierdo y al lado derecho de Pinky. Tanto es así que, después de un tiempo, las orejas de la joven Pinky empezaron a parecer más pellas de coliflor que orejas, pellas de coliflor pegadas a ambos lados de su cabeza.

Y se convirtieron en algo tan útil para ella como si de verdad fueran pellas de coliflor. Quiero decir que casi dejaron de funcionar como oídos. Las palabras, primero, perdieron nitidez y después se hicieron borrosas y por último se convirtieron en sonidos informes a los que le resultaba muy difícil dar sentido.

Cuanto menos oía Pinky, menos entendía, y cuanto menos entendía, más cosas hacía mal, y cuantas más cosas hacía mal, más porrazos recibía en las orejas y menos oía. Esto es lo que se llama un círculo vicioso: Pinky Pampurrias estaba exactamente en el centro de uno.

Y ése no es un sitio, lector, en el que nadie quisiera estar.

Pero, como ya sabes, lo que Pinky Pampurrias quisiera nunca le había importado demasiado a nadie.

Capítulo Veintiséis ❧
Realeza

CUANDO PINKY CUMPLIÓ LOS SIETE años de
edad, no hubo ni pastel, ni fiesta, ni canciones, ni regalos,
ni reconocimiento de que fuera su cumpleaños excepto
que Pinky dijo:

—Tío, hoy cumplo siete años.

Tío contestó:

—¿Te he preguntado cuántos años tienes hoy?
Quítate de mi vista antes de que te dé un buen porrazo en
la oreja.

Unas horas antes de recibir su porrazo de cumpleaños
en la oreja, Pinky estaba en el campo con las ovejas de Tío
cuando vio algo en el horizonte que resplandecía y relucía.
Pensó por un momento que era el sol. Pero se volvió y vio
que el sol estaba en el oeste, donde debería estar, descen-
diendo para esconderse tras la tierra. Esto que brillaba

tanto tenía pues que ser otra cosa. Pinky se quedó quieta, de pie, en el campo, haciendo visera sobre los ojos con la mano izquierda y viendo cómo la brillante luz se aproximaba más y más, hasta que se convirtió en el rey Felipe y su reina Albahaca y la hija de ambos, la joven princesa Guisante. La familia real iba rodeada por caballeros en relucientes armaduras y caballos provistos de armaduras resplandecientes. Sobre la cabeza de cada miembro de la familia real relucía una corona de oro, y allí estaban todos, el rey y la reina y la princesa, ataviados con ropas adornadas con piedras preciosas y lentejuelas que lanzaban destellos y capturaban la luz del sol poniente para lanzarla sobre sus ojos.

—Carambolas —dijo Pinky con un suspiro.

La princesa Guisante montaba un corcel blanco que al trotar levantaba mucho las patas y las posaba en tierra con elegancia. La princesa vio a Pinky de pie mirándolos y levantó una mano para saludarla.

—Hola —saludó alegremente la princesa Guisante—, hola.

Y agitó la mano de nuevo.

Pinky no devolvió el saludo; en lugar de ello se quedó de pie mirando, con la boca abierta, mientras la perfecta y hermosa familia pasaba por su lado. —Papá —le dijo la princesa al rey—, ¿qué le pasa a esa chica? No me ha devuelto el saludo.

—No tiene importancia —contestó el rey—. No te preocupes, querida.

—Carambolas —dijo Pinky con un suspiro.

—Pero soy una princesa. Y la he saludado. Debería haberme devuelto el saludo.

Pinky, por su parte, siguió mirándolos fijamente. Contemplar la familia real había despertado una dormida y profunda necesidad en ella: era como si una velita hubiera cobrado vida en su interior, encendida por las chispas que despedía el brillo del rey, la reina y la princesa.

Por primera vez en su vida, lector, Pinky sintió esperanza.

Y la esperanza es como el amor..., una cosa ridícula, maravillosa, potente.

Pinky intentó nombrar esta extraña emoción; levantó una mano y se tocó una de sus doloridas orejas, y se dio cuenta de que el sentimiento que experimentaba, la esperanza que florecía en su interior, era exactamente lo opuesto a un buen porrazo.

Sonrió, retiró la mano del oído y la agitó en dirección a la princesa gritando:

—¡Hoy es mi cumpleaños!

Pero el rey y la reina y la princesa se habían alejado demasiado para oírla.

—¡Hoy —gritó Pinky— cumplo siete años!

Capítulo Veintisiete 🙰
Un deseo

ESA NOCHE, en la pequeña y oscura cabaña que compartía con Tío y las ovejas, Pinky intentó hablar de lo que había visto.

—¿Tío? —dijo.

—¿Eh?

—Hoy he visto unas estrellas humanas.

—¿De qué hablas?

—Las vi allí y relucían y resplandecían y había una princesita con su corona montando un caballo que levantaba mucho las patas.

—Pero... ¿qué me cuentas? —preguntó Tío.

—¡Que vi un rey y una reina y una princesa chiquitita! —gritó Pinky.

—¿Y qué? —preguntó Tío gritando también.

—Me gustaría... —dijo Pinky tímidamente— me gustaría ser una de esas princesas.

—¡Ja! —se rió Tío—, ja, ja, ja. ¿Una cosa fea y tonta como tú? No vales ni siquiera la enormidad que pagué por ti. ¡Como si no deseara todas las noches tener de nuevo esa buena gallina y aquel trapo rojo en lugar de a ti!

No esperó a que Pinky hiciera ningún comentario sobre esta afirmación y añadió:

—Pues así es. Lo deseo todas las noches. Ese trapo era del color de la sangre y aquella gallina ponía huevos como si no hubiera hecho otra cosa en su vida.

—Quiero ser una princesa —dijo Pinky—. Quiero llevar una corona.

—Una corona —se rió Tío—. Quiere llevar corona.

Se rió más fuerte y, poniéndose la olla vacía sobre la cabeza, dijo:

—¡Mírame! Soy un rey. ¿No ves mi corona? Soy el rey que siempre he querido ser. Soy un rey porque quiero serlo.

Tío se puso a bailotear de un lado para otro con la olla en la cabeza y se carcajeó hasta que se le saltaron las lágrimas. Por fin dejó de bailar, se quitó la olla de la cabeza, miró a Pinky y dijo:

—¿Quieres un buen porrazo en la oreja por decir esas tonterías?

—No, gracias, Tío —respondió Pinky.

Pero de todas maneras recibió uno.

—Escucha —dijo Tío después de propinar el porrazo—.

Ni una palabra más sobre princesas. Además, ¿a quién le interesa lo que tú quieras de este mundo?

La respuesta a esta pregunta, lector, como bien sabes, era que absolutamente a nadie.

Capítulo Veintiocho 〜
Al castillo

TRANSCURRIERON LOS AÑOS. Pinky se los pasó frotando la olla y atendiendo a las ovejas y limpiando la cabaña y recibiendo innumerables, incontables y extremadamente dolorosos porrazos en las orejas. Por las tardes, primavera o invierno, verano u otoño, Pinky se quedaba de pie en el campo a la puesta del sol, esperando a que la familia real pasara de nuevo por su lado.

—Carambolas, me gustaría ver a esa princesita otra vez, vaya que sí. Y también a su caballito, haciendo tipi-tipi-tipi con las patas.

Esta esperanza, este deseo de ver a la princesa de nuevo, estaba profundamente enraizado en el corazón de Pinky y, muy cerca de ese deseo, estaba profundamente enraizada la esperanza de que ella, Pinky Pampurrias, pudiera convertirse un día en princesa.

El primero de los deseos de Pinky le fue concedido, por pura chiripa, cuando el rey Felipe proscribió la sopa. Los hombres del rey fueron enviados para comunicar las malas nuevas y recoger las ollas, las cucharas y los platos de las gentes del reino de Dor.

Lector, sabes exactamente cómo y por qué se promulgó esta ley, así que no te quedarás tan sorprendido como Tío cuando, un domingo, un soldado del rey tocó a la puerta de la cabaña que Pinky, Tío y el ganado compartían y anunció que la sopa iba desde ese momento contra la ley.

—¿Cómo es eso? —preguntó Tío.

—Por orden real del rey Felipe —repitió el soldado—. He sido enviado aquí para comunicarles que la sopa ha sido proscrita en el reino de Dor. Por orden del rey queda prohibido el consumo de sopa; tampoco pensarán en ella ni dirán nada sobre ella. Y yo, en tanto que fiel servidor de nuestro rey, estoy aquí para llevarme las ollas, las cucharas y los platos.

—Pero no puede ser —respondió Tío.

—Muy al contrario. Lo es.

—¿Qué comeremos? ¿Y con qué lo comeremos?

—Pastel —sugirió el soldado—; con tenedor.

—¡Y vaya que sería estupendo! —respondió Tío—, si pudiéramos permitírnoslo.

El soldado se encogió de hombros y respondió:

—Sólo cumplo con mi deber. Tengan la bondad de entregarme sus cucharas, sus platos y su olla.

Tío se agarró la barba; se soltó la barba y se agarró los cabellos. Entonces gritó:

—¡Increíble! Supongo que lo próximo que el rey querrá serán mis ovejas y mi chica, dado que son las únicas posesiones que me quedan.

—¿Es usted dueño de una chica? —preguntó el soldado.

—Pues sí —respondió Tío—. No tiene ningún valor, pero con todo y eso es mía.

—Ah —dijo el soldado—, pues me temo que eso va también contra la ley: en el reino de Dor ningún ser humano puede ser dueño de otro.

—¡Pero bien que pagué por ella con una buena gallina ponedora, un puñado de cigarrillos y un trapo rojo color sangre!

—Da igual —respondió el soldado—, poseer personas va contra la ley. Ahora va a entregarme, si le place, las cucharas, los platos, la olla y la chica. Pero si decide no entregar esas cosas, entonces vendrá conmigo y quedará preso en las mazmorras del castillo. ¿Qué decide?

Y de este modo fue como Pinky Pampurrias viajó en una carreta llena de cacharros relacionados con la sopa junto a un soldado del rey.

—¿Tienes padres? —preguntó el soldado—. Te llevaré con ellos.

—¿Eh?

—¡Una Ma! —gritó el soldado.

—¡Muerta! —respondió Pinky.

—¿Tu Pa? —volvió a gritar el soldado.

—No he vuelto a verle desde que me vendió.

—De acuerdo. Entonces te llevaré al castillo.

—¡Carambolas! —exclamó Pinky, mirando confusa el contenido del carro—. ¿Quieres que sea buhonera, que venda esas cosas?

—¡Al castillo! —gritó el soldado—. Te llevo al castillo.

—¿Al castillo? ¿Dónde vive la princesa chiquirritina?

—Eso es.

—¡Carambolas! —respondió Pinky—. También yo seré princesa un día.

—Ése es un bonito sueño —respondió el soldado. Azuzó al caballo, aflojó las riendas y partieron.

—Me alegro de irme —dijo Pinky, tocando con suavidad una de sus orejas de coliflor.

—Alégrate igual aunque te des cuenta de que no le importa a nadie —dijo el soldado—. Te llevaré al castillo y allí cuidarán de ti. Dejarás de ser una esclava. Te convertirás en sirvienta pagada.

—¿Eh? —dijo Pinky.

—¡Que serás una sirvienta! —gritó el soldado—. ¡No una esclava!

—¡Carambolas! —respondió Pinky, satisfecha—. Voy a ser una sirvienta, no una esclava.

Tenía doce años; su madre había muerto. Su padre la había vendido. Tío, que no era su tío en absoluto, le había dado porrazos hasta dejarla casi sorda. Y, más que nada en el mundo, quería ser una princesita que llevara una corona de oro y que montara un corcel blanco y trotón.

Lector, ¿crees que es algo terrible tener esperanza cuando no hay realmente razón alguna para ello? ¿O es (tal como el soldado había dicho de la alegría) algo que puedes tener, dado que, en último término, a nadie le importa salvo a ti?

Capítulo Veintinueve ∞
Empezar con una reverencia
y terminar con el hilo

LA BUENA SUERTE DE Pinky Pampurrias continuó. En su primer día como sirvienta del castillo la mandaron a que entregara un carrete de hilo a la princesa.

—Recuerda —dijo la camarera jefe, una seca mujer llamada Louise —, es una real persona, así que tienes que hacer una reverencia.

—¿Cómo es eso? —gritó Pinky.

—¡Que tienes que hacer una reverencia! —contestó, gritando Louise.

—Carambolas —respondió Pinky—. Sí, señora.

Tomó el carrete de hilo que le tendía Louise y subió las escaleras doradas, que conducían a la cámara de la princesa, hablando sola:

—Aquí voy, voy a ver a la princesa. Yo, Pinky

Pampurrias, viendo a la princesa así a la cara, en persona, en carne y hueso, y lo primero que hago es una reverencia porque ella es la realeza.

En la puerta de la cámara de la princesa, Pinky sufrió una repentina crisis de confianza. Se quedó de pie un momento, aferrando el carrete de hilo y hablando consigo misma:

—¡Pues vaya! ¿Qué hago yo ahora? ¿Darle el carrete a la princesa y entonces hacer la reverencia? No, no, no, primero la reverencia y luego el carrete. Eso está mejor. Vaya, estupendo, ése es el orden. Empiezo con la reverencia y termino con el carrete.

Llamó con los nudillos a la puerta de la princesa.

—Entra —dijo Guisante.

Pinky, que no había oído nada, golpeó de nuevo.

—¡Entra! —respondió Guisante.

Pinky, que seguía sin oír nada, golpeó de nuevo mientras se decía:

—Tal vez la princesa haya salido.

Pero de repente la puerta se abrió de golpe y allí estaba la princesa en persona, mirando fijamente a Pinky Pampurrias.

—Carambolas —dijo Pinky con la boca abierta de par en par.

—Hola —dijo Guisante—. ¿Eres la nueva sirvienta? ¿Me has traído mi hilo?

—¡La reverencia, la reverencia! —gritó Pinky.

Se recogió la falda, dejó caer el carrete de hilo, adelantó un pie, pisó el carrete, se deslizó hacia delante y hacia atrás durante lo que pareció un tiempo muy largo (tanto para la princesa que miraba como para la balanceante Pinky) y finalmente se estampó contra el suelo con un golpe muy de Pinky.

—¡Aaaay! —exclamó dolorida.

Guisante no pudo evitarlo; soltó una carcajada y, meneando la cabeza, le dijo a Pinky:

—Eso está muy bien. Es la intención lo que cuenta.

—¿Qué dices? —gritó Pinky.

—¡Que es la intención lo que cuenta! —gritó Guisante.

—Gracias, señorita —respondió Pinky. Se puso lentamente en pie, miró a la princesa y luego al suelo, murmurando:

Primero la reverencia y luego el hilo.

—¿Perdón? —preguntó Guisante.

—¡Carambolas! —respondió Pinky—. ¡El hilo!

Se puso a cuatro patas para localizar el carrete de hilo; cuando lo encontró, se puso en pie de nuevo y se lo ofreció a la princesa diciéndole:

—Te traje el hilo, ¿no?

—Estupendo —dijo la princesa tomando el carrete que Pinky le ofrecía—. Muchísimas gracias. Parece que no puedo conservar un carrete de hilo rojo. Todos los que tengo desaparecen de un modo o de otro.

¡Aaaay! —exclamó Pinky dolorida!

—¿Estás haciendo algo? —preguntó Pinky, observando el paño que Guisante sostenía.

—Estoy haciendo una historia del mundo, de mi mundo —respondió Guisante—, en un tapiz. ¿Lo ves? Aquí está mi padre, el rey. Y está tocando la guitarra porque le encanta hacerlo y porque lo hace muy bien. Y aquí está mi madre, la reina, que toma sopa porque le encantaba la sopa.

—¡Sopa! ¡Carambolas! Eso va contra la ley.

—Sí —respondió la princesa—, mi padre la proscribió porque mi madre murió mientras tomaba sopa.

—¿Tu madre está muerta?

—Sí —dijo Guisante—. Murió el mes pasado.

La princesa se mordió el labio inferior para impedir que temblara.

—Cómo son las cosas, ¿*verdá*? —respondió Pinky—. Mi Ma también está muerta.

—¿Qué edad tenías cuando murió?

—¿Qué si era una beldad? —respondió Pinky—. No, era una mujer corriente, mi Ma.

—¡No, no, que qué *edad*! ¿Qué edad tenías tú? —gritó Guisante.

—Ni siquiera seis —respondió Pinky.

—Lo siento —respondió la princesa. Dejó caer sobre Pinky una rápida y profunda mirada de simpatía y añadió:

—Y ahora, ¿cuántos años tienes?

—Doce.

—Yo también —respondió la princesa—. Tenemos la misma edad. ¿Cómo te llamas? —gritó.

—Pinky Pampurrias, pero todos me llaman Pinky. Y ya te había visto antes, princesa, pasaste a mi lado montando un caballito blanco. Era mi cumpleaños, lo era, y estaba en el campo con las ovejas de Tío y era el crepúsculo.

—¿Te saludé con la mano? —preguntó la princesa.

—¿Eh?

—¡Que si te saludé con la mano! —gritó Guisante.

—Sí —asintió Pinky.

—Pero tú no me devolviste el saludo —dijo la princesa.

—Lo hice —respondió Pinky—. Sólo que no te diste cuenta. Algún día cabalgaré en un pequeño caballo blanco y llevaré corona y saludaré. Algún día —dijo Pinky, levantando la mano para tocarse el oído izquierdo—, yo también seré una princesa.

—¿De verdad? —respondió Guisante y le echó a Pinky otra mirada rápida y profunda pero no dijo nada más.

Cuando, finalmente, Pinky bajó las escaleras doradas, Louise la estaba esperando.

—¿Cuánto —rugió— te lleva entregar un carrete de hilo a la princesa?

—¿Demasiado? —aventuró Pinky.

—Exactamente —dijo Louise y le propinó a Pinky un buen porrazo en la oreja, para variar—. Desde luego no estás destinada a ser una de nuestras sirvientas estrella. Eso que quede abundantemente claro.

—No, señora —respondió Pinky—. Es verdad que no, porque en lugar de eso voy a ser princesa.

—¿Tú? ¿Princesa? No me hagas reír.

Esto, lector, era un sarcasmo por parte de Louise porque no era una persona que se riera mucho, ni siquiera ante una noticia tan ridícula como que Pinky Pampurrias iba a convertirse en princesa un día.

Capítulo Treinta ∞
A las mazmorras

EN EL CASTILLO, por primera vez en su joven vida, Pinky tuvo bastante de comer. Y vaya si comió. Rápidamente se puso rellena y más rellenita aún. Era cada vez más y más redonda, y más y más grande. Sólo su cabeza seguía siendo pequeña.

Lector, como narradora de esta historia, es mi deber de vez en cuando proferir ciertas verdades duras y desagradables. En pro de la sinceridad debo informarte que Pinky era un poquito perezosa y que tampoco era la más inteligente de las criaturas.

A causa de estas limitaciones, Louise se vio obligada a buscarle un trabajo que pudiera desempeñar bien.

Pinky, en rápida sucesión, fracasó como camarera (la sorprendieron intentando probarse el vestido de una duquesa que pasaba unos días en el castillo), fracasó como costurera (cosió la capa de un maestro de equitación a su propio vestido y estropeó ambos) y fracasó como doncella (cuando la enviaron a limpiar una habitación, se quedó de pie encantada y con la boca abierta, admirando los muros dorados y los suelos y los tapices exclamando una y otra vez "¡Carambolas!, ¿no es precioso? ¡Carambolas!, qué lujazo ¿no?", y no limpió en absoluto).

Mientras Pinky intentaba desempeñar estas tareas domésticas y fracasaba, otras cosas importantes sucedían en el castillo: la rata, en las mazmorras subterráneas, correteaba de un lado a otro y murmuraba en la oscuridad, esperando vengarse de la princesa. Y escaleras arriba, en el castillo, la princesa había encontrado un ratón. Y el ratón se había enamorado de ella.

¿Crees que habrá consecuencias? Puedes apostar que sí.

Del mismo modo que tuvo consecuencias la incapacidad de Pinky para realizar bien algunas de las tareas que se le encomendaban. Porque, finalmente, como último recurso, Louise mandó a Pinky a la cocina, donde Cocinera tenía fama de saber tratar eficazmente a los ayudantes difíciles.

En la cocina Pinky dejó caer cáscaras de huevo en la masa del pastel, limpió el suelo con aceite de guisar en lugar de con limpiador, y estornudó directamente sobre la chuleta de cerdo del rey antes de que le fuera servida.

—De todos los inútiles con los que me he encontrado —gritó Cocinera—, estoy segura de que eres la peor, la

—*Sólo hay un lugar al que puedes ir: las mazmorras.*

más orejas de coliflor, la más buena-para-nada. Sólo hay un lugar al que puedes ir: las mazmorras.

—¿Eh? —respondió Pinky, haciendo pantalla con una mano detrás de una de sus orejas.

—Te voy a mandar a las mazmorras. Vas a ir a llevarle al carcelero su comida. Eso es lo que vas a hacer a partir de ahora.

Lector, ya sabes que los ratones del castillo temían las mazmorras. ¿Acaso es preciso decir que los seres humanos también le tenían miedo? La verdad es que las mazmorras nunca estaban muy lejos de sus pensamientos. En las noches cálidas subía un olor fétido de sus profundidades que impregnaba todo el castillo. En las frías y quietas noches de invierno escapaban terribles aullidos del oscuro lugar, como si el castillo mismo se quejara y gimiera.

—Es sólo el viento —se aseguraban unos a otros los habitantes del castillo—. Nada más que el viento.

Muchas sirvientas enviadas a las mazmorras con la comida del carcelero habían vuelto lívidas y sollozantes, con las manos temblando, los dientes castañeteando y repitiendo una y otra vez que jamás volverían allí abajo. Y lo que es peor: se susurraban historias de sirvientas a las que se les había encargado alimentar al carcelero, que habían bajado por las escaleras hasta las mazmorras, y de las que nunca se había vuelto a saber nada.

¿Te parece que éste podría ser el destino de Pinky?

¡Carambolas! Espero que no. ¿Qué clase de historia sería ésta sin Pinky?

—¡Escucha, tonta, orejas de coliflor! —gritaba Cocinera—. Esto es lo que vas hacer. Llevas la bandeja de comida hasta las mazmorras, esperas a que el viejo coma y vuelves a subir la bandeja. ¿Te sientes capaz de hacerlo?

—Sí, supongo —respondió Pinky—. Le bajo al viejo la bandeja y él se come la comida y yo vuelvo a subir la bandeja. Entonces estará vacía. Y yo lo que subo de las profundidades es la bandeja vacía.

—Eso es —respondió Cocinera—. Parece sencillo, ¿no? Pero estoy segura de que te las arreglarás para estropearlo.

—¿Eh? —respondió Pinky.

—Nada —respondió Cocinera—. Buena suerte; la necesitarás.

Se quedó mirando cómo bajaba Pinky las escaleras que conducían a las mazmorras. Eran las mismas escaleras, lector, por las que el ratón Despereaux había sido empujado el día antes. Sin embargo, a diferencia del ratón, Pinky llevaba luz en la bandeja: una única y temblorosa vela que le indicaba el camino. Se detuvo ante el primer escalón, volvió la cabeza, miró a Cocinera y sonrió.

—Esa boba, esa inútil con orejas de coliflor —dijo Cocinera meneando la cabeza—. ¿Qué vas a esperar de alguien que baja sonriendo a las mazmorras, a ver?

Lector, si quieres saber la respuesta a la pregunta de Cocinera, tienes que seguir leyendo.

Capítulo Treinta y uno ∽
Una canción en la oscuridad

EL TERRIBLE Y FÉTIDO OLOR de las mazmorras no incomodó a Pinky. Tal vez fuera porque en ocasiones, cuando Tío le propinaba un buen porrazo en la oreja, no apuntaba bien y se lo administraba en la nariz, lo que ocurría lo bastante a menudo como para haber interrumpido el adecuado funcionamiento del sentido del olfato de Pinky. Así que el abrumador tufo de desesperación y tristeza y maldad que las mazmorras exhalaban no le llegó en absoluto, y bajó felizmente las escaleras que descendían dando vueltas sobre sí mismas.

—¡Carambolas! —gritó—. Está oscuro, ¿no?

—Sí, lo está —Pinky se respondió a sí misma—, pero si fuera una princesa, yo iría así como soltando rayos de luz y no habría lugar en el mundo que resultara oscuro para mí.

En este momento, Pinky Pampurrias empezó a cantar una canción que decía algo así como esto:

No soy la princesa Guisante
Pero algún día lo seré
Guisante, já-já, jé-jé
Algún día lo seré

Pinky, como puedes imaginarte, no cantaba muy bien: en realidad berreaba sin la menor afinación. Pero en su canción había, para el que supiera escucharlo, una cierta clase de música. Y mientras Pinky bajaba las escaleras de las mazmorras, salió de las sombras una rata envuelta en una capa roja que llevaba una cuchara en la cabeza.

—Sí, sí —susurró la rata—; una canción encantadora. Justamente la canción que estaba esperando oír.

Y Roscuro se puso silenciosamente junto a Pinky Pampurrias. Cuando llegó al final de las escaleras Pinky gritó a la oscuridad:

—¡Soy yo, Pinky Pampurrias aunque todos me llaman Pinky, que le he traído su comida! ¡Venga a por ella, señor de las Profundidades!

No hubo respuesta.

Las mazmorras estaban silenciosas, pero no silenciosas de buena manera. Estaban silenciosas de un modo ominoso, silenciosas pero llenas de pequeños sonidos aterrorizantes. Se oía el ruido como de caracoles, del agua que rezumaba por los muros, y de un oscuro recodo surgió el quejido gutural de alguien que sufría. Además se oían los ruidos de las ratas ocupándose de sus asuntos, con sus agudas uñas arañando las losas y el sonido de sus largas colas arrastrándose tras de ellas, hundiéndose en la sangre y la inmundicia.

Lector, si estuvieras allí, en las mazmorras, seguro que oirías todos estos sonidos ominosos y perturbadores.

Si yo estuviera allí, en las mazmorras, seguro que oiría todos esos sonidos.

Si estuviéramos allí, juntos, en las mazmorras, oiríamos esos sonidos y nos asustaríamos mucho: en nuestro miedo nos abrazaríamos.

Pero, ¿qué oyó Pinky Pampurrias?

Correcto.

Absolutamente nada.

Y no sintió ningún miedo, ni siquiera un poco.

Levantó la bandeja por encima de la cabeza y la vela arrojó su pálida luz sobre el montón de cucharas y platos y ollas.

—Carambolas —dijo Pinky—, fíjate en todo eso. Nunca hubiera pensado que había tantas cucharas en todo el mundo.

—Este mundo tiene más cosas de las que nadie puede imaginar —dijo una retumbante voz que salía de la oscuridad.

—Cierto, cierto —susurró Roscuro—. El viejo carcelero dice la verdad.

—¡Carambolas! —dijo Pinky—. ¿Quién ha dicho eso?

Y se volvió en dirección a la voz del carcelero.

Capítulo Treinta y dos ∽
Cuidado con las ratas

LA VELA que Pinky llevaba en la bandeja iluminó la figura de Gregorio que se acercaba cojeando hacia ella, con la gruesa cuerda atada alrededor del tobillo y las manos extendidas.

—Tú, Gregorio supone, has traído la comida del carcelero.

—¡Carambolas! —dijo Pinky y dio un paso hacia atrás.

—Trae para acá —dijo Gregorio. Se apoderó de la bandeja de Pinky y se sentó en una olla vuelta del revés que había caído de la torre. Equilibró la bandeja cubierta sobre sus rodillas y la miró.

—Gregorio supone que hoy tampoco hay sopa.

—¿Eh? —respondió Pinky.

—¡Sopa! —gritó Gregorio.

—¡Ilegal! —respondió Pinky también gritando.

—De lo más tonto —murmuró Gregorio mientras levantaba la tapa de la bandeja—; un mundo sin sopa es algo demasiado tonto para ser soportable.

Agarró un muslo de pollo, se lo metió entero en la boca, masticó y tragó.

—Oiga —dijo Pinky mirándolo fijamente—, se olvidó usted de los huesos.

—Nada de olvidados. Masticados.

—¡Carambolas! —dijo Pinky, contemplando a Gregorio con respeto—. Se come los huesos. Es usted muy feroz.

Gregorio comió otro trozo de pollo, un ala esta vez, con huesos y todo, y luego otro. Pinky lo contemplaba con admiración.

—Algún día —dijo impulsada súbitamente a comunicarle a este hombre su más profundo deseo— seré una princesa.

Ante esta declaración, Claroscuro, que estaba todavía junto a Pinky, bailó una pequeña y burlona jiga de alegría; a la luz de la vela, su sombra bailoteante era enorme y daba mucho miedo.

—Gregorio te ve —le dijo Gregorio a la sombra de la rata. Roscuro dejó de bailar y fue a esconderse bajo las faldas de Pinky.

—¡Eh! —gritó Pinky—. ¿Qué es eso?

—Nada —respondió Gregorio—. Así que pretendes ser una princesa: bien, todo el mundo tiene algún sueño tonto. Gregorio, por ejemplo, sueña con un mundo donde la sopa sea legal. Y esa rata, Gregorio está seguro de ello, también tiene algún tonto sueño.

—Sí tú supieras —susurró Roscuro.

—¿Qué? —gritó Pinky.

Gregorio no dijo nada más. En lugar de ello rebuscó en el bolsillo, sacó su servilleta y estornudó en ella una vez, dos veces, tres veces.

—¡Salud! —gritó Pinky—. ¡Salud, salud, salud!

—Vuelve al mundo de la luz —susurró Gregorio. Y diciendo esto hizo una bola con la servilleta y la puso en la bandeja.

—Gregorio ha terminado —dijo y le tendió la bandeja a Pinky.

—¿Que has terminado? Entonces tengo que subir la bandeja. Es lo que me dijo Cocinera. Tomas la bandeja y la llevas a las profundidades, esperas que el viejo coma y me devuelves la bandeja. Esas son mis *inz-ins-instruziones.*

—¿No te dijeron también que tuvieras cuidado con las ratas?

—¿Las qué?

—¡Las ratas!

—¿Qué pasa con ellas?

—¡Que tienes que tener cuidado con ellas! —gritó Gregorio.

—Vale —respondió Pinky—. Cuidado con las ratas.

Roscuro, oculto bajo las faldas de Pinky, se frotó las patas delanteras y susurró:

—Adviértele todo lo que quieras, viejo. Mi hora ha llegado. El momento es ahora y tu cuerda debe romperse. Nada de ro-ro-roer esta vez: un buen bocado que la parta en dos. Sí, todo empieza a encajar. La venganza está cerca.

Capítulo Treinta y tres ∞
Una rata que sabe su nombre

PINKY HABÍA SUBIDO las escaleras de las mazmorras y se preparaba para abrir la puerta de la cocina, cuando oyó que la rata le decía:

—¿Puedo interrumpirte un momento?

Pinky miró a su izquierda y luego a su derecha.

—Aquí abajo —dijo Roscuro.

Pinky miró al suelo.

—¡Carambolas! —dijo—, pero tú eres una rata, ¿no? ¿Y no me advirtió el viejo que tuviera cuidado con las ratas? "Cuidado con las ratas", me dijo.

Levantó la bandeja para que la luz de la vela cayera directamente sobre Roscuro y la dorada cuchara que llevaba en la cabeza y la capa de paño rojo que se ataba al cuello.

—No hay necesidad de asustarse, ninguna necesidad

en absoluto —dijo Roscuro mientras hablaba aferraba el mango de la cuchara y la levantaba cortésmente de la cabeza, del mismo modo que un caballero se descubre ante una dama.

—¡Carambolas! —dijo Pinky—. ¡Una rata con modales!

—Sí —dijo Roscuro—. ¿Cómo estás?

—Mi papá tenía un trapo así como el suyo, señor Rata —comentó Pinky—. Igualito, rojo. Me cambió por él.

—Ah —dijo Roscuro, con la gran sonrisa de alguien que sabe de lo que habla, y añadió—: ¿Sí, de verdad? Es una historia terrible, trágica.

Lector, si me perdonas, debo hacer una pequeña pausa para comentar algo grande e infrecuente, algo portentoso. Lo grande, infrecuente y portentoso es esto: la voz de Roscuro tenía el timbre exacto para penetrar por los tortuosos senderos de los maltratados oídos en forma de coliflor de Pinky. Esto quiere decir, querido lector, que Pinky Pampurrias oía con perfecta precisión cada una de las palabras que la rata Roscuro profería.

—Vaya, vaya, sí que has paladeado tu porción de tragedia —le dijo Roscuro a Pinky—. Quizá es hora de que entables conocimiento con el triunfo y la gloria.

—¿Triunfo? —preguntó Pinky—. ¿Gloria?

—Permíteme presentarme —dijo Roscuro—. Soy Claroscuro; los amigos me llaman Roscuro. Y tú te llamas Pinky Pampurrias. ¿Y no es verdad que la mayoría de la gente te llama tan sólo Pinky?

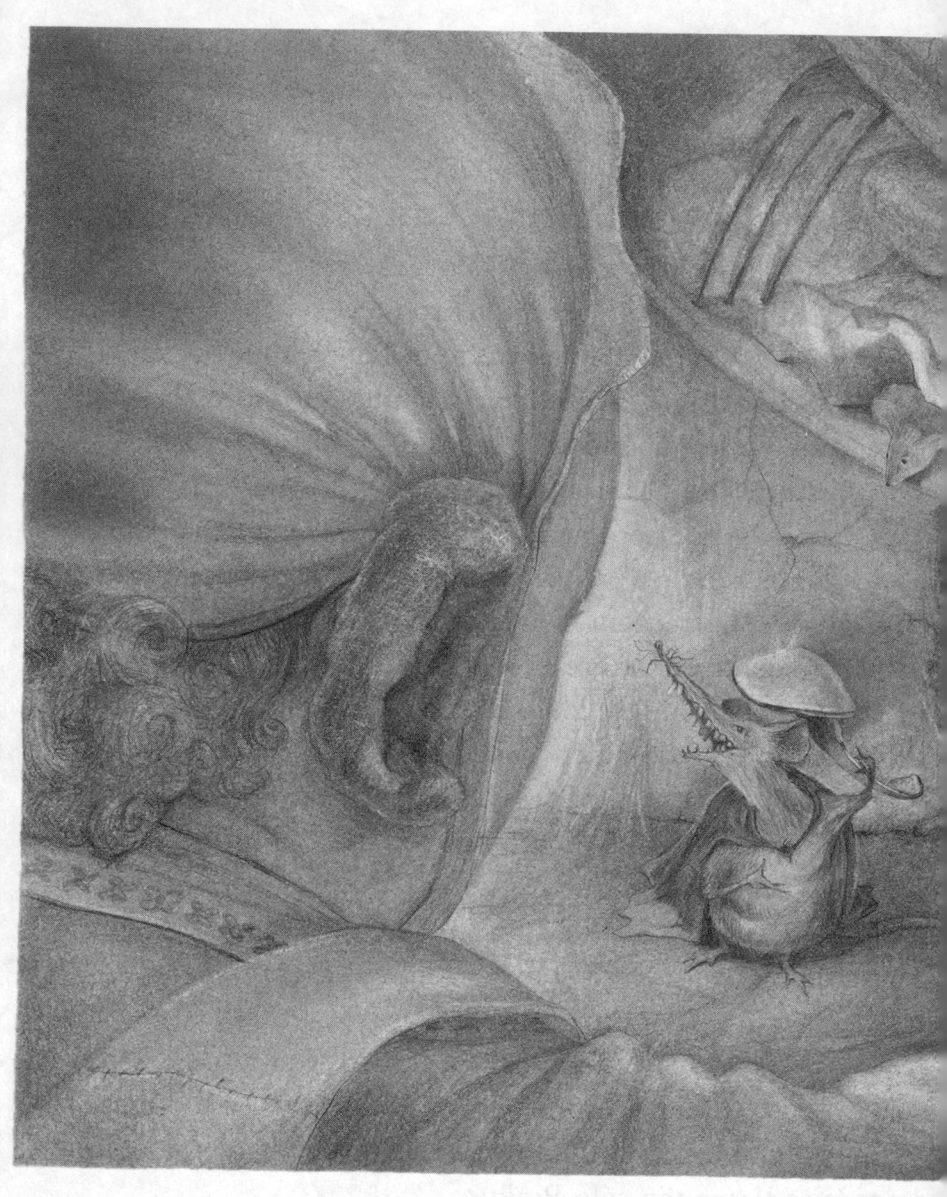

¡Una rata que sabe mi nombre!

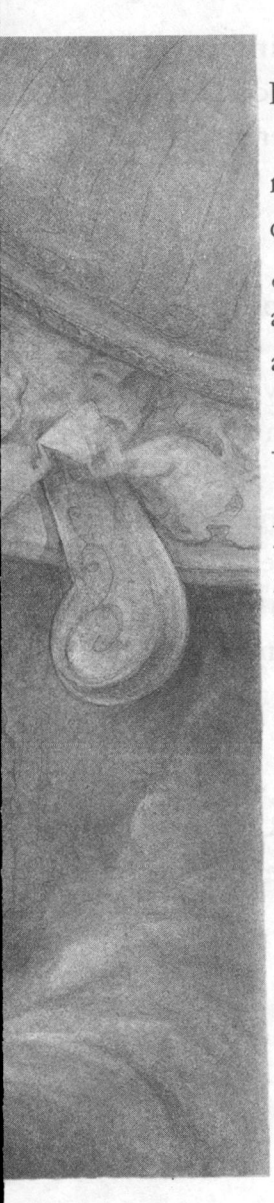

—¿Pero no es estupendo? —gritó Pinky—. ¡Una rata que sabe mi nombre!

—Señorita Pinky, querida, no quiero parecer demasiado osado cuando nos conocemos desde hace tan poco, pero ¿puedo inquirir si estoy en lo cierto al afirmar que su merced alberga elevadas aspiraciones?

—¿Qué quiere decir aspiraciones? —gritó Pinky.

—Señorita Pinky, no hace falta gritar. No hace falta en absoluto. Igual que tú me oyes a mí yo puedo oírte a ti. Estamos hechos el uno para el otro.

Roscuro sonrió de nuevo, exhibiendo una boca llena de agudos dientes amarillos y añadió:

—Aspiraciones, querida, son esas cosas que hacen que una sirvienta desee ser una princesa.

—¡Carambolas! —asintió Pinky—, una princesa es exactamente lo que quiero ser.

—Hay, querida, una forma de hacer que eso suceda. Creo que hay una forma de realizar ese sueño.

—¿Quieres decir que podría ser la princesa Guisante?

—Sí, Alteza —dijo Roscuro, levantando la cuchara de su cabeza y haciendo una profunda reverencia—. Sí, su Alteza Sere-nísima, la princesa Guisante.

—¡Carambolas! —contestó Pinky.

—¿Puedo contarte mi plan? ¿Puedo ilustrarte sobre cómo convertiremos en realidad tu sueño de llegar a ser una princesa?

—Sí —respondió Pinky—. Sí, por favor.

—Comienza —dijo Roscuro— con mis rendidos servicios y una cuerda que se mastica.

Pinky sujetó la bandeja con la pequeña vela encendida, y escuchó todo lo que la rata tenía que decir, las palabras que llegaban directamente al deseo de su corazón. Tan apasionadamente habló Roscuro y con tanta atención escuchó la sirvienta a Roscuro que nadie notó que la servilleta de la bandeja se movía.

Tampoco oyeron los ruiditos ratoniles de incredulidad e ira que salían de la servilleta, mientras Roscuro exponía, paso por paso, su diabólico plan para atraer a la princesa a la oscuridad.

Fin del tercer libro

Libro
CUARTO

Llamado a la luz

Capítulo Treinta y cuatro ∞
Acaba con ellos, aunque estén muertos

LECTOR, NO TE HABRÁS OLVIDADO de nuestro ratoncito, ¿verdad?

—Vuelve al mundo de la luz —fue lo que Gregorio le susurró cuando envolvió a Despereaux en su servilleta y lo colocó en la bandeja. Y entonces Pinky, después de su conversación con Roscuro, llevó la bandeja a la cocina y cuando vio a Cocinera gritó:

—¡Soy yo, Pinky Pampurrias, que vuelve de las profundidades!

—¡Ah, estupendo! —respondió Cocinera—. ¡Y cómo nos alivia a todos!

Pinky puso la bandeja en el estante.

—Venga, venga —dijo Cocinera—; no has terminado de hacer las cosas. Debes limpiarla.

—¿Que haga qué? —gritó Pinky.

—¡Que tienes que limpiar la bandeja! —respondió Cocinera gritando también.

Se acercó, agarró la servilleta y le dio una buena sacudida: Despereaux salió volando para aterrizar directamente, *plop*, en un cuenco lleno de aceite.

—¡Aggg! —gritó Cocinera—. ¡Un ratón en mi cocina, en mi aceite de guisar, en mi cuenco! ¡Tú, Pinky, mátalo inmediatamente!

Pinky inclinó la cabeza y vio cómo el ratón se hundía lentamente hasta el fondo del cuenco.

—*Probe* pequeñín —dijo. Metió la mano en el aceite y sacó al ratón por la cola.

Despereaux, jadeante y tosiendo y cegado por la brillante luz, podría haber sollozado de alegría por su rescate. Pero no tuvo tiempo de llorar.

—¡Mátalo! —gritó Cocinera.

—¡Carambolas! —dijo Pinky—. De acuerdo.

Sujetando a Despereaux por la cola, fue a buscar un cuchillo. Pero la cola del ratón, cubierta de aceite como estaba, era resbaladiza y difícil de agarrar y Pinky, al buscar el cuchillo, aflojó su presa y Despereaux cayó al suelo.

Pinky miró hacia abajo, hacia el pequeño montoncito de piel marrón.

—Carambolas —dijo—, seguro que eso lo ha matado.

—¡Mátalo aunque esté muerto! —gritó Cocinera—. Ésa es mi filosofía con los ratones: si están vivos, mátalos. Si están muertos, mátalos. De esa forma estás segura de que tienes un ratón muerto, que es la única clase de ratón que merece la pena tener.

—Es una *fosofía* estupenda, es *verdá*: mátalos aunque estén muertos.

—¡Apresúrate, tonta con orejas de coliflor! —gritó Cocinera—. ¡Deprisa!

Despereaux levantó la cabeza del suelo. El sol de la tarde entraba a través del gran ventanal de la cocina. Tuvo tiempo de pensar cuán milagrosa era la luz antes de que desapareciera tapada por el rostro de Pinky. La chica le estudió, respirando por la boca.

—*Probecito* —dijo—; no vas a poner pies en polvorosa, ¿*verdá?*

Despereaux miró fijamente durante un largo momento a los ojos pequeños y preocupados de Pinky, y entonces percibió el sonido del metal rasgando el aire mientras el cuchillo que Pinky empuñaba bajaba y bajaba y bajaba.

Despereaux sintió un dolor muy intenso en su cuarto trasero: dio un salto y se puso en movimiento. Lector, Despereaux puso pies en polvorosa como un auténtico ratón profesional. Zigzagueó hacia la izquierda, zigzagueó hacia la derecha.

—¡Carambolas! —gritó Pinky—. He fallado.

—¡Vaya sorpresa! —dijo Cocinera mientras Despereaux se escurría bajo una grieta de la puerta de la despensa.

—¡Carambolas! —gritó Pinky—. He fallado.

—Pero yo tengo la cola del *probecito* —dijo Pinky. Se inclinó, recogió la cola de Despereaux y la levantó, mostrándosela orgullosamente a Cocinera.

—¿Y qué? —gritó Cocinera—. ¿Y de qué nos sirve cuando el resto del animal ha desaparecido en la despensa?

—No sé —dijo Pinky.

Y protegiéndose con los brazos mientras Cocinera se dirigía hacia ella con la intención de propinarle un buen porrazo en la oreja repitió:

—No sé.

Capítulo Treinta y cinco ∽
El caballero de la armadura reluciente

DESPEREAUX CONSIDERABA justo el otro lado de esa cuestión. Se preguntaba no qué iba hacer con su cola, sino qué iba hacer sin ella. Estaba sentado sobre un saco de harina que se encontraba en un alto estante de la despensa, llorando por lo que había perdido.

El dolor de su cuarto trasero era intenso y lloraba a causa de él, pero también lloraba porque era feliz. Había salido de las mazmorras; había sido devuelto a la vida. Su rescate había ocurrido en el momento preciso para poder salvar a la princesa Guisante del terrible destino que la rata planeaba para ella.

Así que Despereaux sollozó de alegría y de dolor y de gratitud. Sollozó de agotamiento y de esperanza.

Sollozó con todas las emociones de un ratón joven y pequeño que había sido enviado a su muerte y que había sido librado de ella justo a tiempo para que él, a su vez, pudiera salvar a su amada.

Lector, el ratón sollozaba.

Después se tumbó en el saco de harina y se durmió. Fuera del castillo el sol se puso, salieron las estrellas una por una, volvieron a desaparecer, amaneció y Despereaux seguía durmiendo. Y mientras dormía, soñaba.

Soñó con vidrieras de cristal y con la oscuridad de las mazmorras. En el sueño de Despereaux la luz se trasformaba, brillante y gloriosa, en la silueta de un caballero que blandía una espada. El caballero luchaba contra la oscuridad.

Y la oscuridad tomaba muchas formas: primero era su madre, murmurando palabras en francés. Después, se convirtió en su padre, que redoblaba un tambor. Luego fue Frano, que vestía una capa negra y que decía no meneando la cabeza. La oscuridad fue por fin una enorme rata sonriendo con una sonrisa mezquina, torcida.

—La oscuridad —lloró Despereaux, volviendo la cabeza hacia la izquierda.

—La luz —murmuró, volviendo la cabeza hacia la derecha.

Llamó a gritos al caballero. Dijo:

—¿Quién eres? ¿Me salvarás?

Pero el caballero no le respondió.

—¡Dime quién eres! —gritó Despereaux.

El caballero se detuvo blandiendo la espada, miró a Despereaux y contestó:

—Me conoces.

—No —contestó Despereaux—. No te conozco.

—Sí me conoces —respondió el caballero. Entonces, muy despacio, levantó la visera de su yelmo y reveló...nada, no había nadie. La armadura estaba vacía.

—¡No, oh no! —dijo Despereaux—. No existe el caballero de la armadura resplandeciente: es todo una ilusión, como lo de vivir felices para siempre.

Y, lector, el ratoncito volvió a llorar en sueños.

Capítulo Treinta y seis ∽
Lo que llevaba Pinky

Y MIENTRAS EL RATÓN DORMÍA, Roscuro puso en práctica su terrible plan. ¿Te gustaría escuchar, lector, cómo se desarrolló todo? Esta historia no es muy agradable. Hay violencia. Y crueldad. Pero los relatos que no son tan agradables también tienen cierto valor. O eso creo. Las cosas, como bien sabes (después de haber vivido en este mundo lo suficiente como para haber deducido una o dos cosas por ti mismo), no siempre son dulces y claras.

Escucha. Así es cómo sucedió. En primer lugar, la rata acabó, de una vez por todas, el trabajo que había comenzado hacía tanto tiempo: mordisqueó la cuerda de Gregorio hasta cortarla, de tal forma que el carcelero se perdió en el laberinto de las mazmorras. A última hora de la noche, cuando el castillo estaba oscuro, la sirvienta Pinky subió las escaleras hacia la habitación de la princesa.

Llevaba una vela en la mano. Y en los bolsillos de su delantal había dos objetos de mal augurio. En el bolsillo derecho, oculto en caso de que se encontrara con alguien en las escaleras, había una rata con un cuchara sobre la cabeza y una capa roja alrededor de los hombros. En el bolsillo izquierdo había un cuchillo de cocina, el mismo cuchillo que Pinky Pampurrias había usado para cortar la cola de cierto ratoncito. Éstas eran las cosas, pues, que Pinky llevaba cuando subía las escaleras: una rata, un cuchillo y una vela.

—¡Carambolas! —gritó Pinky—. Está oscuro, ¿*verdá*?

—Sí, sí —susurró Roscuro desde el bolsillo—. Bastante oscuro, querida.

—Cuando sea princesa... —comenzó Pinky.

—Shhhh —dijo Roscuro—. ¿No te importaría guardarte para ti tus gloriosos planes? ¿Y podría sugerirte además que bajes la voz hasta un susurro? Después de todo, estamos en una misión secreta. ¿Acaso no sabes susurrar, querida mía?

—¡Claro que sí! —gritó Pinky.

—Entonces, por favor —dijo Roscuro—, pon en práctica inmediatamente ese conocimiento.

—¡Carambolas! —susurró Pinky—. De acuerdo.

—Gracias —replicó Roscuro—. ¿Ves necesario que repasemos nuestro plan de acción?

—Lo tengo todo aquí, aquí dentro —susurró Pinky. Y se golpeó la sien con un dedo.

—Eso me tranquiliza —dijo Roscuro—. Pero quizá, querida mía, convendría repasarlo otra vez. Una vez más, para estar seguros.

—Bien —dijo Pinky—. Vamos a la habitación de la princesa, que estará durmiendo y roncando y resoplando, y la despertaré y le mostraré el cuchillo y le diré: "Si no quieres sufrir daño, princesa, debes venir conmigo".

—Exactamente —dijo Roscuro—. Así recibirá su merecido.

Pinky no tenía ni idea, por supuesto, de lo que significaba la frase, pero le gustaba cómo sonaba y la repitió una y otra vez hasta que Roscuro dijo:

—¿Y luego?

—Y luego —continuó Pinky—, le diré que salga de su cama de princesa y que venga conmigo a un pequeño viaje.

—Ja —dijo Roscuro—, un pequeño viaje. Está muy bien. Ja, ja. Me gusta el eufemismo subyacente. Un pequeño viaje. Claro que va a ser un pequeño viaje. Por supuesto que lo será.

—Y luego —dijo Pinky, que estaba llegando a su parte favorita del plan—, la llevaremos a las profundas mazmorras y le daremos algunas lecciones bien largas sobre cómo ser una sirvienta, y cuando haya estudiado suficientemente, cambiaremos los papeles. Yo seré princesa y ella sirvienta. ¡Carambolas!

Lector, éste es el verdadero plan que Roscuro presentó a Pinky la primera vez que se la encontró. Ni que decir tiene que era un plan ridículo.

Nadie, ni siquiera durante un ataque de ceguera, iba a confundir a Pinky con la princesa o a la princesa con Pinky. Pero Pinky Pampurrias, como ya te dije antes, no era la más inteligente de las criaturas. Y además, lector, quería convertirse en princesa desesperadamente. Lo deseaba, carambolas, cómo lo deseaba. Y debido a este terrible deseo fue capaz de creer en el plan de Roscuro con todas las fibras de su corazón.

El plan de la rata era, en cierto modo, mucho más sencillo y más terrible. Pretendía llevarse a la princesa a la parte más profunda y más oscura de las mazmorras. Pretendía que Pinky encadenara de pies y manos a Guisante y pretendía mantener a la relumbrante, deslumbrante y risueña princesa allí, en la oscuridad.

Para siempre.

Capítulo Treinta y siete ❧
Una pequeña prueba

ESTABA DORMIDA y soñando con su madre, la reina, que sujetaba una cuchara y le decía:

—Prueba esto, mi dulce Guisante, prueba esto, querida mía, y dime qué piensas.

La princesa se inclinó y probó la sopa que su madre le ofrecía.

—Oh, mamá —contestó—, está deliciosa. Es la mejor sopa que he tomado en mi vida.

—Sí —dijo la reina—, es maravillosa, ¿verdad?

—¿Me puedes dar un poco más? —dijo Guisante.

—Te he dado un pequeño sorbo para que no la olvides —dijo su madre—. Te he dado un pequeño sorbo para que la recuerdes.

—Quiero más.

Pero tan pronto como la princesa dijo esto, su madre

se fue. Desapareció y el plato y la cuchara desaparecieron con ella.

—Cosas perdidas —dijo Guisante—. Más cosas perdidas.

Entonces escuchó su nombre. Se volvió, feliz, pensando que su madre había vuelto. Pero la voz no era la de su madre. La voz pertenecía a otra persona y se acercaba desde algún lugar lejano y le decía que despertara, que despertara. Guisante abrió los ojos y vio a Pinky Pampurrias de pie junto a su cama, con un cuchillo en una mano y una vela en la otra.

—¿Pinky? —dijo.

—Carambolas —dijo Pinky suavemente.

—Díselo —ordenó Roscuro.

Pinky cerró los ojos y gritó lo que tenía que decir:

—¡Si no quieres sufrir daño, princesa, debes venir conmigo!

—¿Que me dices qué? —dijo la princesa en tono molesto. Como ya te he dicho antes, la princesa no era esa clase de persona a quien se le decía lo que tenía que hacer—. ¿De qué me hablas?

Pinky abrió los ojos y gritó:

—Tienes que venir conmigo y después de unas lecciones, tú me darás lecciones largas y yo te daré lecciones cortas, juntas por el camino a lo más profundo, yo podré ser tú y tú podrás ser yo.

—¡No! —gritó Roscuro desde el bolsillo de Pinky—. ¡No! ¡No! Lo estás haciendo mal.

—¿Quién ha dicho eso?

—Su Alteza —dijo Roscuro. Y se deslizó fuera del bolsillo de Pinky y trepó hacia su hombro y se colocó allí, dejando la cola fuera del cuello de la sirvienta para mantener el equilibrio.

—Su Alteza— volvió a decir. Levantó despacio la cuchara de su cabeza y, sonriendo, con una boca repleta de dientes verdaderamente terribles, añadió:

—Creo que será mejor que hagas lo que Pinky sugiere. Está en posesión de un cuchillo, de un gran cuchillo. Y, si se ve empujada a ello, lo usará.

—Esto es ridículo —dijo la princesa—. No puedes amenazarme. Soy una princesa.

—Por supuesto —contestó Roscuro—, somos conscientes de lo que eres. Sin embargo, al cuchillo no le importa nada el hecho de que pertenezcas a la realeza. Y sangrarás, supongo, como cualquier ser humano.

Guisante miró a Pinky. Pinky sonrió. El cuchillo brillaba a la luz de la vela.

—¿Pinky? —dijo Guisante con la voz temblándole casi imperceptiblemente.

—Realmente —dijo Roscuro—, no creo que haya que convencer demasiado a Pinky para que use ese cuchillo, princesa. Es una persona muy peligrosa, fácilmente manejable.

—Pero somos amigas —dijo Guisante—, ¿verdad, Pinky?

—*¿Me conoces, princesa?*

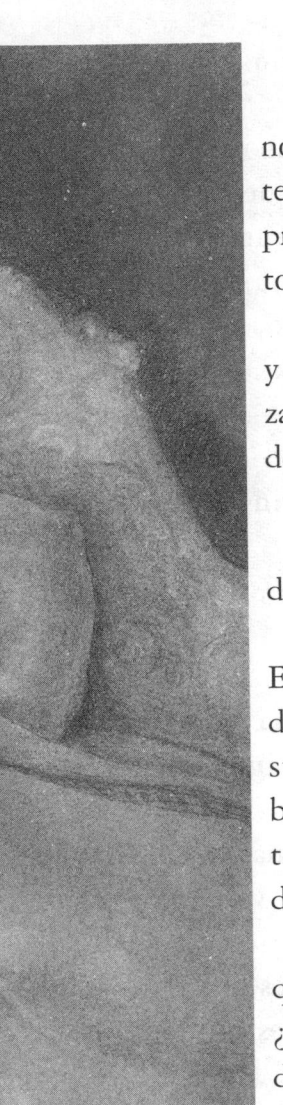

—¿Eh? —contestó Pinky

—Créeme —respondió Roscuro—, no son amigas. Y creo que sería mejor si te dirigieras a mí en todo momento, princesa. Soy yo el que está a cargo de todo. Mírame.

Guisante miró directamente a la rata y vio la cuchara que llevaba en la cabeza. Le dio un vuelco el corazón, y luego dos.

—¿Me conoces, princesa?

—No —contestó Guisante, bajando la cabeza—. No te conozco.

Pero, lector, claro que lo conocía. Era la rata que había caído en la sopa de su madre. ¡Y llevaba la cuchara de su madre sobre la cabeza! La princesa bajó la mirada. Se concentró en contener la rabia que pugnaba por salir de ella.

—Mírame de nuevo, princesa. O ¿es que no puedes mantener la mirada? ¿Acaso tu regia sensibilidad se siente dolida por posar tus ojos en una *rata*?

—No te conozco —contestó la princesa—, y no tengo miedo de mirarte.

Guisante levantó la cabeza despacio. Sus ojos eran desafiantes. Miró fijamente a la rata.

—Muy bien —dijo Roscuro—, como quieras. No me conoces. Sin embargo, debes hacer lo que digo, pues mi amiga tiene un cuchillo. Por tanto, levántate de la cama, princesa. Vamos a hacer un pequeño viaje. Me gustaría que te vistieras con ese hermoso vestido, el que llevabas en un banquete no hace mucho tiempo.

—Y ponte tu corona —dijo Pinky—. Póntela en tu cabeza de princesa.

—Sí —dijo Roscuro—. Por favor, princesa, no te olvides de la corona.

Guisante, mirando todavía a Roscuro, retiró la colcha y se levantó de la cama.

—Muévete deprisa —dijo Roscuro—. Debemos realizar nuestro pequeño viaje mientras todavía está oscuro y el resto del castillo duerme ignorante, tan ignorante, siento decirlo, de tu destino.

La princesa sacó un vestido de su armario.

—Sí —se dijo Roscuro—, ése es. El verdadero. Mira cómo brilla a la luz. Maravilloso.

—Necesito que alguien me abroche los botones —dijo la princesa cuando se acercó con el vestido puesto—. Pinky, ¿podrías ayudarme?

—Mi pequeña princesa —dijo Roscuro—, ¿acaso piensas que puedes engañar a una rata? Nuestra querida Pinky Pampurrias no soltará el cuchillo. Ni por un momento. ¿Verdad, Pinky? Porque eso arruinaría la oportunidad de convertirte en princesa, ¿no es así?

—Claro —dijo Pinky—, es cierto.

Y así, mientras Pinky sostenía el cuchillo en dirección a la princesa, Guisante se sentó y dejó que la rata trepara por su espalda y le abrochara todos los botones, uno por uno.

La princesa se mantuvo muy quieta. El único movimiento que se permitió fue lamerse los labios una y otra vez, porque pensaba que podía paladear así el rico sabor de la sopa que su madre le había ofrecido en sus sueños.

—No lo he olvidado, mamá —susurró—. No te he olvidado. No he olvidado la sopa.

Capítulo Treinta y ocho ∞
Hacia las mazmorras

EL EXTRAÑO TRÍO bajó por las doradas escaleras del castillo. La princesa y Pinky caminaban la una junta a la otra y Roscuro estaba oculto de nuevo en el bolsillo del delantal de Pinky, que apoyaba la afilada punta del cuchillo contra la espalda de la princesa. Juntos bajaron, bajaron, bajaron.

La princesa se dirigía a su terrible destino mientras a su alrededor todos dormían. El rey reposaba en su cama gigante con la corona sobre la cabeza y las manos cruzadas sobre el pecho, soñando que su esposa, la reina, era un pájaro con plumas verdes y doradas que pronunciaba su nombre *Felipe, Felipe, Felipe*, sin cesar.

Cocinera dormía en una cama demasiado pequeña fuera de la cocina, soñando con una receta de una sopa que no podía encontrar. "¿Dónde la habré puesto? —farfullaba en sueños—. ¿Dónde estará esa receta? Era la sopa favorita de la reina. Debo encontrarla".

Y no muy lejos de Cocinera, en la despensa, sobre un saco de harina, dormía el ratón Despereaux, soñando, como bien sabes, lector, con caballeros de reluciente armadura, con la oscuridad y con la luz.

Y en todo ese castillo dormido y oscuro, no había más luz que la vela que llevaba en la mano Pinky Pampurrias. Se reflejaba en el vestido de la princesa y lo hacía relucir; la princesa caminaba muy estirada en la oscuridad e intentaba no tener miedo.

En esta historia, lector, hemos hablado del corazón del ratón y del corazón de la rata y del corazón de la sirvienta Pinky Pampurrias, pero no hemos hablado del corazón de la princesa. Como la mayoría de los corazones, era muy complicado, oscurecido por sombras y veteado de luz. Lo oscuro del corazón de la princesa era un carbón ardiente muy pequeño y muy caliente de odio por la rata responsable de la muerte de su madre. Y la otra zona de sombra era una profunda tristeza, una tremenda pena porque su madre estaba muerta y porque la princesa, ahora, sólo podía hablar con ella en sueños.

Y, ¿cuáles eran las luces en el corazón de la princesa? Lector, estoy encantado de decirte que Guisante era muy buena persona, y quizá más importante todavía, que era muy solidaria. ¿Sabes lo que significa solidaria?

Te lo diré: significa que cuando te obligan a dirigirte a unas mazmorras, cuando tienes un gran cuchillo apuntándote a la espalda, cuando intentas ser valiente, todavía eres capaz de pensar, por un momento, en la persona que sostiene ese cuchillo.

Eres capaz de pensar: "¡Oh, pobre Pinky, quiere ser princesa ardientemente y cree que ésta es la única forma de conseguirlo! Pobre, pobre Pinky. ¿Cómo será querer algo tan desesperadamente?".

Esto, lector, es solidaridad.

Y ahora ya tienes un pequeño mapa del corazón de la princesa (odio, pena, amabilidad, solidaridad), el corazón que lleva dentro de sí cuando desciende por las escaleras doradas y atraviesa la cocina y, finalmente, justo cuando el cielo fuera del castillo comienza a clarear, cuando se dirige hacia la oscuridad de las mazmorras con la rata y la sirvienta.

Capítulo Treinta y nueve ∽
¡Ha desaparecido!

EL SOL SE LEVANTÓ Y ARROJÓ LUZ sobre lo que habían hecho Roscuro y Pinky Pampurrias.

Y, por fin, Despereaux se despertó. Pero, vaya, se despertó demasiado tarde.

—¡No la he visto —gritaba Louise—, y te digo más: me lavo las manos! Si ha desaparecido, le diré ¡buen viaje! ¡Que la basura desaparezca!

Despereaux se sentó. Miró detrás de él. ¡Oh, su cola! ¡No estaba! Había sido entregada al cuchillo y, en el que debía ser su lugar, sólo quedaba un muñón sangriento.

—¡Más percances! ¡Gregorio ha muerto! —gritó Cocinera—. Pobre hombre, esa cuerda cortada por quién sabe quién y él perdido en la oscuridad y muerto de miedo. Es demasiado.

—Oh, no —murmuró Despereaux—. Oh, no, Gregorio ha muerto.

El ratón se puso en pie y comenzó el largo descenso. Cuando estuvo en el suelo, metió la cabeza por un agujero de la puerta de la despensa y vio a Cocinera de pie en el centro de la cocina, retorciendo sus gruesas manos. Detrás se encontraba una mujer alta sujetando un manojo de llaves.

—Está bien —dijo Louise—. Todos los hombres del rey buscaban a la princesa en las mazmorras y cuando subieron, ¿qué es lo que llevaban con ellos? El viejo. ¡Muerto! ¡Y ahora me dices que Pinky ha desaparecido! Y yo te digo: ¿a mí qué?

Despereaux hizo un pequeño ruido de desesperación. Había dormido mucho tiempo.

La rata había actuado. La princesa se había esfumado.

—¿Qué clase de mundo es éste, señora Louise, donde las princesas son raptadas delante de nuestras narices y las reinas caen muertas y no podemos ni siquiera consolarnos con una sopa?

Y después de decir esto, Cocinera comenzó a llorar.

—Shhhh —dijo Louise—, te lo ruego. No digas ni una palabra.

—¡Sopa! —gritó Cocinera—. Lo diré. Nadie podrá detenerme. Sopa, sopa, ¡sopa!

Y entonces comenzó a llorar de verdad, gimiendo.

—Ya, ya —dijo Louise. Acercó una mano para tocar a Cocinera, y Cocinera la alejó de un manotazo.

—Todo va a ir bien —dijo Louise.

Cocinera levantó el dobladillo de su delantal para enjugarse las lágrimas y respondió:

—No, de eso ni hablar. Nada irá bien de nuevo. Se han llevado a nuestra niña querida. Nuestra vida no tendrá sentido sin la princesa.

Despereaux estaba sorprendido de sentir exactamente lo mismo que acaba de enunciar en voz alta una mujer tan feroz y que odiaba tanto a los ratones como Cocinera.

Louise alargó la mano de nuevo para tocar a Cocinera: esta vez le permitió que rodeara sus hombros con el brazo.

—¿Qué podemos hacer? ¿Qué podemos hacer? —se lamentó Cocinera.

—Shhh, ya, ya —respondió Louise.

Por desgracia no había nadie para consolar a Despereaux. Y tampoco había tiempo para llorar. Sabía lo que tenía que hacer: tenía que buscar al rey. Porque, después de haber escuchado el plan de Roscuro, Despereaux sabía que la princesa estaba escondida en las mazmorras. Y al ser algo más inteligente que Pinky Pampurrias, sentía la terrible verdad que se ocultaba tras las palabras de Roscuro. Sabía que Pinky nunca podría ser una princesa. Y sabía que la rata, una vez que hubiera capturado a Guisante, nunca la dejaría marchar.

Y así, el ratoncito que se había sumergido en aceite, rebozado en harina y perdido la cola se deslizó fuera de la despensa y dejó a las damas que se lamentaban.

Fue a buscar al rey.

Capítulo Cuarenta ∞
El perdón

SE DIRIGIÓ PRIMERO a la sala del trono, pero el rey no estaba allí. Despereaux, tras deslizarse por un agujero de la moldura, se encaminaba a la habitación de la princesa cuando se encontró con el Consejo de los Ratones, trece ratones y el muy Respetable y Honorable Ratón Jefe, sentados alrededor de un trozo de madera debatiendo importantes cuestiones ratoniles.

Despereaux se detuvo y se quedó de pie, muy quieto.

—Mis queridos compañeros ratones —dijo el muy Respetable y Honorable Ratón Jefe, y luego miró desde la improvisada mesa y vio a Despereaux:

—Despereaux —susurró.

Los otros ratones del consejo se inclinaron, esforzándose por dar sentido a la palabra que acababa de pronunciar el Ratón Jefe.

—¡Hijo! ¡Has vuelto!

—¿Perdón? —dijo uno.

—¿Cómo? —dijo otro.

—No he oído bien —dijo un tercero—. Creí que había dicho "Despereaux".

El Ratón Jefe se preparó. Intentó hablar de nuevo:

—¡Compañeros! —dijo—, un fantasma, ¡un fantasma! Levantó una garra temblona y apuntó hacia Despereaux.

Los otros ratones se dieron la vuelta y miraron.

Y allí estaba Despereaux Tilling, cubierto de harina, mirando hacia ellos, con el revelador hilo rojo colgando todavía del cuello como un fino rastro de sangre.

—Despereaux —dijo Lester—. ¡Hijo! ¡Has vuelto!

Despereaux miró a su padre y vio a un viejo ratón cuya piel estaba salpicada de gris. ¿Cómo podía ser? Despereaux había faltado sólo unos pocos días, pero su padre parecía haber envejecido varios años en su ausencia.

—Hijo, fantasma de mi hijo —dijo Lester, con sus bigotes temblando—, he soñado contigo todas las noches. He soñado que golpeaba el tambor que te envió a la muerte. Estaba equivocado. Lo que hice estuvo mal.

—¡No! —dijo el muy Respetable y Honorable Ratón Jefe—. ¡No!

—Lo he destrozado —dijo Lester—. He destrozado el tambor. ¿Podrás perdonarme?

Entrelazó crispadamente sus patas delanteras y contempló a su hijo.

—¡No! —gritó de nuevo el Ratón Jefe—. No. No pidas a un fantasma que te perdone, Lester. Hiciste lo que debías. Hiciste lo que era mejor para la comunidad de ratones.

Lester hizo caso omiso del Ratón Jefe.

—Hijo —replicó—, por favor.

Despereaux miró a su padre, a su piel de mechones grises y bigotes temblorosos y a sus patas delanteras unidas delante de su corazón, y sintió de repente como si su propio corazón se partiera en dos. Su padre se veía tan pequeño, tan triste...

—Perdóname —volvió a decir Lester.

El perdón, lector, es, creo, algo muy parecido a la esperanza y al amor, algo muy poderoso y maravilloso.

Y algo ridículo, también.

Después de todo, ¿no es ridículo pensar que un hijo pudiera perdonar a su padre por haber golpeado el tambor que lo había enviado a la muerte? ¿No es ridículo pensar que un ratón podría incluso perdonar a alguien por tamaña maldad?

Pero, aún así, éstas son las palabras que Despereaux Tilling dijo a su padre. Dijo:

—Te perdono, Pa.

Y dijo esto porque sentía que era la única forma de salvar su corazón, de impedir que se partiera en dos. Despereaux, lector, pronunció esas palabras para salvarse a sí mismo.

Y entonces se dio la vuelta y habló a todo el Consejo de los Ratones:

—Estaban equivocados —dijo—. Todos ustedes me pidieron que renunciara a mis pecados. Yo les pido que renuncien a los suyos. Fueron muy injustos conmigo. Arrepiéntanse.

—Nunca —contestó el Ratón Jefe.

Despereaux se detuvo delante del Consejo de los Ratones, y se dio cuenta de que era un ratón distinto del que había estado frente a ellos la última vez. Había estado en las mazmorras y había salido de ellas. Sabía cosas que ellos nunca sabrían; lo que pensaran de él, se dijo, ya no le importaba nada.

Y así, sin decir palabra, Despereaux se dio la vuelta y salió de la habitación.

Después de que se hubo ido, el Ratón Jefe golpeó la mesa con su pata y dijo:

—Ratones del Consejo, hemos sido visitados por un fantasma que nos ha pedido que nos arrepintamos. Ahora formulemos un voto. Todos los que estén a favor de decir que esta visita no ha tenido lugar, que digan "sí".

Y desde los miembros del Consejo de los Ratones, se elevó un leve pero enfático coro de síes.

Sólo un ratón no dijo nada. Ese ratón era el padre de Despereaux. Lester Tilling se había separado de los miembros del Consejo de los Ratones: estaba intentando ocultar sus lágrimas.

Lloraba, lector, porque había sido perdonado.

Capítulo Cuarenta y uno ⌒
Las lágrimas de un rey

DESPEREAUX ENCONTRÓ AL REY en la habitación de Guisante, sentado sobre la cama de su hija, aferrando contra su pecho el tapiz donde ella estaba bordando la historia de su mundo. Lloraba. Aunque "llorar", en realidad, es una palabra que no expresa del todo lo que el rey hacía. Las lágrimas caían en cascada de sus ojos. A sus pies se había formado un pequeño charco. Y no exagero. El rey, así lo parecía, intentaba ahogarse en sus propias lágrimas.

Lector, ¿has visto alguna vez a un rey llorar? Cuando los poderosos se vuelven débiles, cuando se muestran como seres humanos que tienen corazón, su caída no es ni más ni menos aterradora que la de los mortales comunes y corrientes.

Puedes estar seguro de que Despereaux estaba aterrado. Absolutamente. Pero de cualquier forma, habló.

—¿Señor? —dijo el ratón al rey.

Pero el rey no lo escuchó. Mientras miraba a Despereaux sin verlo, el rey Felipe dejó caer el tapiz, se llevó su gran corona de oro a su regazo y la usó para golpearse el pecho una y otra vez. El rey, como ya he comentado antes, tenía varios defectos. Era miope. Promulgaba leyes ridículas, irracionales y difíciles de aplicar. Y, al igual que Pinky Pampurrias, no era exactamente la más inteligente de las criaturas.

Pero había algo extraordinario, maravilloso, admirable en el rey. Era un hombre que quería y podía amar con todo su corazón. Y al igual que había amado a la reina con todo su corazón, así, también, amaba a su hija con todo su corazón, más todavía que con todo él. Amaba a la princesa con cada partícula de su ser, y se la habían arrebatado.

Pero Despereaux había ido a decir al rey algo y tenía que decírselo, y por tanto lo intentó de nuevo:

—Perdóneme, señor —dijo. Ciertamente no era la mejor forma de que un ratón se dirigiera al rey. "Señor" no parecía una palabra lo suficientemente grande. Despereaux pensó en ello por un momento.

Se aclaró la garganta. Y habló tan fuerte como era capaz de hablar:

—Perdóneme, mi Muy Honorable Majestad.

El rey Felipe dejó de golpearse el pecho con la corona y miró en torno suyo.

—Aquí abajo, mi Muy Honorable Majestad —dijo Despereaux.

El rey, con las lágrimas deslizándose aún por su rostro, miró hacia el suelo. Y parpadeó.

—¿Acaso me habla un insecto? —preguntó.

—No —contestó Despereaux—. Soy un ratón. Ya nos conocemos.

—¡Un ratón! —bramó el rey—. Un ratón está sólo un escalón más arriba que las ratas.

—Señor —dijo Despereaux—, mi Muy Honorable Majestad, se lo ruego, por favor, tiene que escucharme. Es importante. Sé dónde está su hija.

—¿Lo sabes? —dijo el rey, sorbiéndose la nariz. Se sonó en su manto real y añadió—: ¿Dónde?

Se inclinó para ver más de cerca a Despereaux. Una lágrima, dos lágrimas, tres enormes lágrimas cayeron con un audible *plop* en la cabeza del ratón y rodaron por su espalda, lavando el blanco de la harina y dejando al descubierto su piel marrón.

—Señor, mi Muy Honorable Majestad, señor —dijo Despereaux, mientras enjugaba las lágrimas del rey de sus propios ojos—. Está en las mazmorras.

—Mentiroso —dijo el rey—. ¡Lo sabía! Todos los roedores son mentirosos y ladrones. No está en las mazmorras. Mis hombres las han registrado de arriba abajo.

—Pero nadie conoce realmente las mazmorras salvo las ratas, señor. Hay miles de lugares donde puede estar escondida, y sólo las ratas los conocen. Sus hombres nunca la encontrarán si las ratas no quieren que sea encontrada.

—¡Agggg! —dijo el rey, y se tapó los oídos con las manos—. ¡No me hables de ratas y de lo que saben! —gritó—. Las ratas están proscritas. Las ratas están contra la ley. No hay ratas en mi reino. No existen.

—Señor, mi Muy Honorable Majestad, eso es incierto. Cientos de ratas viven en las mazmorras del castillo. Una de ellas se ha llevado a su hija y si envía...

El rey comenzó a tararear:

—¡No te oigo! —se detuvo para gritar—. ¡No te oigo! Y de cualquier forma, lo que dices no es cierto, porque tú eres un roedor y por lo tanto eres un mentiroso.

Comenzó a tararear de nuevo. Y entonces se detuvo y añadió:

—He contratado a adivinos. Y a un mago. Proceden de tierras remotas. Me dirán dónde está mi hermosa hija. Me dirán la verdad. Un ratón no puede decir la verdad.

—Estoy diciendo la verdad —respondió Despereaux—. Se lo juro.

Pero el rey no quería escuchar. Se sentó tapándose los oídos con las manos. Tarareó en voz alta. Más lágrimas enormes rodaron por su rostro y cayeron al suelo.

Despereaux se sentó y le contempló consternado. ¿Qué podía hacer ahora? Levantó una pata hacia su cuello y agarró el hilo rojo, y de repente su sueño volvió de nuevo hacia él..., la oscuridad y la luz y el caballero que blandía la espada y el terrible momento cuando se dio cuenta de que la armadura estaba vacía.

Y entonces, lector, un maravilloso y sorprendente pensamiento se le ocurrió al ratón que se sentaba delante del rey. ¿Y si la armadura estaba vacía por un motivo? ¿Y si estaba vacía porque esparaba?

Porque lo esperaba a él.

—Tú me conoces —le había dicho el caballero en su sueño.

—Sí —contestó Despereaux en voz alta y maravillada—. Te conozco.

—¡No te oigooo! —canturreó el rey.

—Lo tengo que hacer yo mismo —dijo el ratón—. Seré el caballero de la brillante armadura. No hay otra forma. Tengo que ser yo.

Despereaux se dio la vuelta. Dejó al rey, que seguía llorando. Se marchó en busca del maestro del hilo.

Capítulo Cuarenta y dos ❧
El resto del hilo

EL MAESTRO DEL HILO estaba sentado sobre su carrete de hilo, meneando su cola de aquí para allá y mordisqueando un trozo de apio.

—Bien, vaya, vaya —dijo cuando vio a Despereaux—. Fíjate. Es el ratón que amaba a una princesa humana, de vuelta de las mazmorras y en una pieza. El viejo maestro del hilo te diría que no hice mi trabajo bien, porque todavía sigues vivo; he debido atar el hilo incorrectamente. Pero no es así. ¿Y cómo sé que no es así? Porque el hilo todavía sigue alrededor de tu cuello.

Asintió y tomó un bocado de apio.

—Necesito el resto —dijo Despereaux.

—¿El resto de qué? ¿De tu cuello?

—El resto del hilo.

—Bien, no se lo puedo entregar al primer ratón que

me lo pida — dijo el maestro del hilo—. Se dice que el hilo rojo es especial, sagrado; sin embargo yo, después de haber pasado mucho tiempo con él, sé lo que es.

—¿Y qué es? —dijo Despereaux.

—Hilo —dijo el maestro del hilo. Se encogió de hombros y dio otro bocado al apio—. Nada más y nada menos. Pero yo disimulo, amigo mío, disimulo. Y ¿qué es, si puedo preguntarte, lo que piensas hacer con el hilo?

—Salvar a la princesa.

—Ah, sí, la princesa. La hermosa princesa. Así es cómo ha comenzado toda esta historia, ¿no?

—Tengo que salvarla. Nadie puede hacerlo excepto yo.

—Eso se aplica a muchas otras cosas. Nadie puede hacer las cosas verdaderamente desagradables salvo uno mismo. Y ¿cómo vas a usar un carrete de hilo para salvar a la princesa?

—Una rata la ha raptado y la ha ocultado en las mazmorras, y por tanto tengo que entrar en las mazmorras, que están llenas de recodos y vueltas y cámaras ocultas.

—Como un laberinto —dijo el maestro del hilo.

—Sí, como un laberinto. Tengo que encontrar el modo de llegar hasta ella, esté donde esté, y entonces la sacaré de nuevo, y la única forma de hacerlo es con el hilo. Gregorio, el carcelero, ató una cuerda alrededor de su tobillo para no perderse.

Cuando Despereaux dijo esto, se estremeció al pensar

en Gregorio y en su cuerda rota, muriéndose, perdido en la oscuridad.

Añadió:

—Yo, yo..., usaré hilo.

El maestro del hilo asintió:

—Ya veo, ya veo —dijo. Y dando un pensativo bocado al apio, añadió—: tú, amigo mío, vas a ir en pos de algo.

—No sé lo que es eso —dijo Despereaux.

—No tienes que saberlo. Sólo tienes que sentirte obligado a hacer esta importante e imposible tarea que tienes entre manos.

—¿Imposible? —dijo Despereaux.

—Imposible —dijo el maestro del hilo—. Importante.

Se sentó masticando el apio y mirando más allá de Despereaux, y de repente saltó de su carrete.

—¿Y quién soy yo para interponerme en algo así? —dijo—. Llévatelo.

—¿Puedo?

—Sí, porque vas en pos de algo.

Despereaux levantó sus patas delanteras y tocó el carrete. Le dio un empujón experimental.

—Gracias —dijo mirando a los ojos del maestro del hilo—. No sé cuál es tu nombre.

—Hovis.

—Gracias, Hovis.

Mira, no vas a las mazmorras porque ahí te mandan.
Vas porque tú lo has decidido.

—Hay algo más. Algo que pertenece al hilo —Hovis se dirigió a una esquina y regresó con una aguja—. Puedes usarla como protección.

—Como una espada —dijo Despereaux—. Como la de un caballero.

—Sí —dijo Hovis. Royó un trozo de hilo y lo usó para atar la aguja alrededor de la cintura de Despereaux—: Así.

—Gracias, Hovis —dijo Despereaux. Puso su hombro derecho contra el carrete de hilo y lo empujó de nuevo.

—Espera —dijo Hovis. Se levantó sobre sus patas traseras, posó las patas delanteras sobre los hombros de Despereaux y se inclinó hacia él. Despereaux olió el profundo y limpio aroma del apio cuando el maestro del hilo inclinó su cabeza hacia su cuello y rasgó el hilo con dientes afilados.

—Ya está —dijo Hovis, cuando el trozo de hilo se rompió y cayó al suelo—. Ahora eres libre. Te das cuenta, ahora no vas a ir a las mazmorras porque tienes que ir. Vas a ir porque lo has elegido.

—Sí —dijo Despereaux—, porque voy en pos de algo.

Sonó bien en su boca.

En pos de algo.

Dilo tú ahora, lector. Dilo en voz alta: en pos de algo. Es una expresión extraordinaria, ¿verdad? Tan llena de asombro y de esperanza.

—Adiós —dijo Hovis cuando Despereaux sacó el carrete de hilo del agujero del maestro del hilo—. Nunca he conocido a un ratón que haya salido de unas mazmorras para volver a ellas de nuevo. Adiós, amigo mío. Adiós, ratón entre los ratones.

Capítulo Cuarenta y tres ∞
Lo que Cocinera removía

ESA NOCHE, Despereaux empujó el hilo desde la guarida del maestro del hilo, a lo largo de innumerables vestíbulos y tres tramos de escaleras.

Lector, déjame ponerte algo en claro: el ratón que tienes en tu casa (o en tu castillo, si quieres) pesa más o menos 100 gramos.

Despereaux, como bien sabes, no era para nada un ratón normal y corriente. En realidad, era increíblemente pequeño y pesaba más o menos la mitad que lo que pesa un ratón normal: 50 gramos. Y esto es todo. Piensa en ello: sólo era un ratón de 50 gramos el que empujaba un carrete de hilo que pesaba más o menos igual que él.

Honradamente, lector, ¿crees que un ratón tan pequeño tendría alguna posibilidad de tener éxito en su búsqueda? No. Ninguna. En absoluto. Nada.

Cero patatero.

Pero cuando calculas las posibilidades de éxito del ratón, debes tener en cuenta su amor por la princesa. El amor, como ya hemos visto, es algo poderoso, maravilloso y ridículo, capaz de mover montañas. Y carretes de hilo.

Incluso con el amor y su valor en el corazón, Despereaux estaba muy, pero que muy cansado cuando llegó a la puerta de la cocina del castillo a medianoche. Sus patas temblaban y sus músculos estaban agarrotados y el lugar donde había estado su cola palpitaba. Y todavía le quedaba un largo, larguísimo camino que recorrer: la cocina, los muchos escalones que bajaban a las mazmorras... Y allí, al pensar en la oscuridad de las mazmorras llenas de ratas, sin saber dónde se dirigiría, oh, lector, cuando se detuvo a considerar lo que le quedaba, Despereaux se sintió lleno de un horrible sentimiento de desesperación.

Apoyó su cabeza contra el carrete de hilo, olió apio y pensó en Hovis y en cómo Hovis parecía creer en él y en su ir en pos de algo. Por tanto el ratón levantó la cabeza, se enderezó y empujó el carrete de hilo de nuevo, en dirección a la cocina, donde vio, demasiado tarde, que había una luz encendida.

Despereaux tembló.

Cocinera estaba en su sitio, inclinada sobre los fogones. Removía algo.

¿Era una salsa? No.

¿Era un guiso? No.

Lo que Cocinera removía era... sopa. ¡Sopa, lector! En el propio castillo del rey, en contra de la ley del rey, justo delante de las narices del rey. ¡Cocinera estaba haciendo una sopa!

Mientras el ratón la contemplaba, Cocinera metió su cara en el vapor procedente de la olla y respiró hondo. Sonrió beatíficamente y el vapor ascendió envolviéndola y capturando la luz de la vela y formando un halo sobre su cabeza.

Despereaux sabía lo que sentía Cocinera hacia los ratones que se colaban en su cocina. Recordaba con bastante claridad sus instrucciones a Pinky respecto a él mismo: matarle. El único ratón bueno es un ratón muerto.

Pero tenía que cruzar la cocina de Cocinera para llegar a la puerta de las mazmorras. Y no tenía tiempo que perder. Pronto amanecería y todo el castillo se despertaría y el ratón ya no tendría ninguna oportunidad de empujar un carrete de hilo por el suelo sin atraer la atención. Tenía que salir con disimulo y escaparse de la cazarratones de Cocinera, ahora.

Y así, sacando todo su valor en ese lugar terrible, Despereaux se inclinó contra el carrete de hilo y lo empujó por el suelo.

Cocinera se dio la vuelta, con una cuchara en una mano y una expresión medrosa en el rostro, y gritó:

—Pero, ¿quién anda ahí?

Capítulo Cuarenta y cuatro ∞
¿De quién son esas orejas?

—¿QUIÉN ANDA AHÍ? —gritó de nuevo Cocinera.

Despereaux, sabiamente, no dijo nada.

La cocina estaba en silencio.

—Hummm —dijo Cocinera—. Nada. No hay nada. Sólo son mis orejas nerviosas, que me engañan. "Eres una vieja loca", se dijo a sí misma y volvió a la cocina. "Sólo eres una vieja loca temerosa de que la pillen haciendo sopa".

Despereaux se desplomó contra el carrete de hilo. Y mientras estaba allí inclinado, con el corazón latiendo muy deprisa y las patas temblando, ocurrió algo maravilloso. Una brisa de medianoche entró en la cocina y bailó y revoloteó y se apropió del aroma de la sopa y se arremolinó por el suelo y llevó el aroma directamente a la nariz del ratón.

Despereaux levantó la cabeza en el aire. Olfateó. Olfateó más. Nunca en su vida había olido algo tan maravilloso, tan inspirador. Con cada inhalación que daba, se sentía más y más fuerte, más y más valiente.

Cocinera se inclinó más sobre la olla y metió la cuchara y la sacó y sopló sobre ella y se la llevó a los labios y sorbió y tragó.

—Hmmm —dijo—. Vaya. Tomó otra cucharada y añadió—: Falta algo. Quizá más sal.

Dejó la cuchara, tomó un enorme salero y espolvoreó sal en la olla.

Y Despereaux, sintiéndose envalentonado por el olor de la sopa, se puso de nuevo manos a la obra de empujar el carrete de hilo.

—Rápido —se dijo, empujando el carrete por el suelo—, hazlo rápido. No pienses, sólo empuja.

Cocinera se dio la vuelta, con el salero en la mano, y gritó:

—¿Quién anda ahí?

Despereaux dejó de empujar. Se ocultó detrás del carrete de hilo cuando Cocinera agarró la vela de la cocina y la mantuvo en alto.

—Hummm —dijo.

La vela se acercó más y más.

—¿Qué es esto?

La luz incidió directamente sobre las grandes orejas de Despereaux asomándose por detrás del carrete de hilo.

—Repámpanos —dijo Cocinera—. ¿De quién son esas orejas?

Y la luz de la vela brilló directamente en la cara de Despereaux.

—Un ratón —dijo Cocinera—, un ratón en mi cocina.

Despereaux cerró los ojos. Se preparó para morir. Esperó, lector. Y esperó. Y luego escuchó el sonido de una risa.

Abrió sus ojos y miró a Cocinera.

—Jajajá —dijo Cocinera—, jajajá. Por primera vez en mi vida, me siento feliz de ver un ratón en mi cocina.

—¿Por qué? —se preguntó—, ¿que por qué estoy tan contenta? Jajajá, porque un ratón no es un hombre del rey que esté aquí para castigarme por hacer sopa. Éste es el motivo. Porque un ratón no es un hombre del rey que me lleve a las mazmorras por poseer una cuchara. Jajajá. Un ratón. Yo, Cocinera, me siento feliz de ver un ratón.

La cara de Cocinera estaba roja y su barriga se movía.

—Jajajá —dijo de nuevo—. Y no es sólo un ratón. Un ratón con una aguja atada a su cintura, un ratón sin cola. ¿No es precioso? Jajajá—. Sacudió la cabeza y se enjugó los ojos—. Mira, ratón, es un momento extraordinario. Y por esto, tenemos que hacer las paces entre nosotros. No te preguntaré qué estás haciendo en mi cocina. Y tú, a tu vez, no dirás a nadie lo que estoy cocinando.

Se dio la vuelta y regresó a la cocina y dejó la vela y agarró la cuchara y de nuevo la metió en la olla de sopa y la sacó y saboreó la sopa, y se relamió los labios.

—No, no está bien —dijo—. No está bien. Todavía le falta algo.

Despereaux no se movió. No se podía mover. Estaba paralizado por el miedo. Se sentó en el suelo de la cocina. Una pequeña lágrima cayó de su ojo izquierdo. Esperaba que Cocinera le matara.

Pero por el contrario, lector, Cocinera se había reído de él.

Y estaba sorprendido del daño que podía hacer su risa.

Capítulo Cuarenta y cinco ∞
Un poco de sopa

COCINERA REMOVIÓ LA SOPA, retiró la cuchara, levantó la vela y miró a Despereaux.

—¿Qué esperas? —dijo—. Venga, venga, venga. Jamás un ratón tendrá otra oportunidad igual de escapar ileso de mi cocina.

El aroma de la sopa onduló nuevamente en dirección a Despereaux. Levantó la nariz en el aire con los bigotes temblando.

—Sí —dijo Cocinera—. Es sopa lo que hueles. La princesa, nadie a quien conozcas o que te importe, ha desaparecido, Dios bendiga su tierno corazón. Los tiempos son terribles, y cuando los tiempos son terribles, la respuesta es sopa. ¿No te parece que huele a respuesta?

—Sí —respondió, asintiendo con la cabeza.

Cocinera se separó de él. Bajó la vela, tomó de nuevo

la cuchara y volviendo a remover la sopa dijo:

—Oh, son días grises —Meneó la cabeza y añadió—Y me engaño a mí misma. No tiene sentido hacer sopa a menos que otros la tomen. Una sopa necesita otra boca que la saboree, otro corazón que calentar.

Dejó de revolver la sopa y volviéndose hacia Despereaux dijo:

—Ratón, ¿te gustaría tomar un poco de sopa?

Y entonces, sin esperar la respuesta, tomó un platillo, vertió un poco de sopa en él y lo depositó en el suelo.

—Acércate —dijo—. No voy a hacerte daño, lo prometo.

Despereaux olfateó. La sopa olía magnífica, maravillosa, increíblemente. Vigilando de reojo a Cocinera, salió de detrás del carrete de hilo y se acercó arrastrándose.

—Venga —lo animó Cocinera—, pruébala.

Despereaux se metió en el platillo. Sus patas quedaron cubiertas por la sopa. Bajó la cabeza hacia el caliente líquido. Sorbió y…. ¡Oh, estaba deliciosa! Ajo y pollo y berros, la misma sopa que Cocinera había preparado el día en que murió la reina.

—¿Cómo está? —preguntó Cocinera ansiosamente.

—Maravillosa —contestó Despereaux.

—¿Demasiado ajo? —preguntó Cocinera, retorciéndose sus gordas manos.

—No —respondió Despereaux—. Está perfecta.

Cocinera sonrió y dijo:

—¿Lo ves? No hay un cuerpo, sea de hombre o de

—No —respondió Despereaux—. Está perfecta.

ratón, que no mejore con un poco de sopa.

Despereaux inclinó la cabeza y sonrió de nuevo, mientras Cocinera seguía inclinada sobre él, sonriente.

—¿No necesita nada entonces? ¿Es lo que dices? ¿Está en su punto?

Despereaux asintió.

Se bebió la sopa a grandes y ruidosos tragos. Cuando salió del platillo tenía las patas húmedas, los bigotes chorreando, y el estómago repleto. Cocinera le dijo entonces:

—¿No estás satisfecho aún, verdad? Lo más seguro es que todavía no estés satisfecho. Debes querer algo más.

—No puedo —respondió Despereaux—. No tengo tiempo. Voy a las mazmorras a salvar a la princesa.

—Ji-ji-jí —se rió cocinera—. Tú, un ratón, ¿vas a salvar a la princesa?

—Sí —dijo Despereaux—, voy en pos de algo.

—Bueno, pues no voy a ser yo la que te lo impida.

Así que Cocinera abrió la puerta que conducía a las mazmorras, mientras Despereaux se dirigía a ellas empujando el carrete de hilo.

—Buena suerte —le deseó Cocinera—. Ji-jí, que tengas buena suerte salvando a la princesa. —Cerrando la puerta tras ella, sacudió la cabeza y se dijo a sí misma:

—Si esto no es una señal de lo raros que son los tiempos que corren, no sé que pueda ser. Yo, Cocinera, dándole sopa a un ratón y deseándole suerte en salvar a la princesa. ¡Ay, Dios! De verdad que son tiempos bien raros.

Capítulo Cuarenta y seis ❧
Sangre de ratón, sí

DESPEREAUX SE QUEDÓ DE PIE en lo alto de las escaleras de las mazmorras mirando la oscuridad que le esperaba más abajo.

—Ay —dijo—, caray.

Había olvidado lo oscuras que podían ser las mazmorras. Se había olvidado, también, de su terrible olor, de la peste de las ratas, del aroma del sufrimiento.

Pero tenía el corazón colmado de amor por la princesa, y el estómago lleno de la sopa de Cocinera, así que Despereaux se sintió valeroso y fuerte. Empezó pues de inmediato la dura tarea de maniobrar el carrete de hilo para bajarlo por los empinados escalones de las mazmorras.

Abajo, abajo, abajo fueron Despereaux Tilling y el carrete de hilo. Bajaron lenta, muy lentamente.

El pasaje estaba oscuro, oscuro, oscuro.

—Me contaré una historia —dijo Despereaux. Haré algo de luz. Veamos. Empezará así: había una vez. Sí. Había una vez un ratón muy, pero que muy pequeño. Excepcionalmente pequeño. Y había también una preciosa princesa que se llamaba Guisante. Y ocurrió que este ratón fue seleccionado por el destino para servir a la princesa, para honrarla y para salvarla de la oscuridad de las terribles mazmorras.

Esta historia animó a Despereaux considerablemente. Sus ojos se fueron acostumbrando a la penumbra y se movió escaleras abajo con más rapidez y más seguridad, susurrándose a sí mismo la historia de una malvada rata y de una gorda sirvienta y de una bella princesa y de un valeroso ratón y de un poco de sopa y de un carrete de hilo rojo. Era una historia muy semejante a la que tú lees ahora mismo; contarla le dio fuerza.

Empujó el carrete de hilo con verdadero entusiasmo. Y el carrete, ansioso quizá de comenzar su honorable tarea de contribuir al salvamento de la princesa, saltó hacia delante y se precipitó escaleras abajo, sin él.

—¡No! —gritó Despereaux—. ¡No, no, no!

Empezó a trotar siguiendo al carrete a través de la oscuridad.

Pero el carrete llevaba ventaja y era más rápido. Voló precipitándose por las escaleras de las mazmorras, dejando muy atrás a Despereaux.

Cuando llegó al final de las escaleras siguió rodando y

rodando hasta que por último se detuvo perezosamente justo ante la nudosa pata de una rata.

—¿Qué tenemos aquí? —dijo la rata de una sola oreja al carrete de hilo.

—Te diré lo que tenemos —respondió Botticelli Remorso a su propia pregunta—. Tenemos hilo rojo.

Qué delicia. El hilo rojo significa sólo una cosa para una rata.

Levantó la nariz en el aire y olfateó. Volvió a olfatear y dijo:

—Huelo... ¿Qué podría ser? Sí, seguro que lo es: sopa. Qué raro —olfateó otro poco y añadió:

—Y huelo a lágrimas. Lágrimas humanas. Delicioso. Y detecto también el olor de... —levantó la nariz todavía más en el aire y aspiró profundamente— harina y aceite. Oh, vaya, qué conjunto de aromas. Pero por debajo de todo, ¿a qué huele? Huele a sangre de ratón. Inconfundible, la sangre de ratón, sí. ¡Ja-ja-já! ¡Exactamente! Ratón.

Botticelli bajó la vista al carrete de hilo y sonrió. Le dio un suave empujoncito con una pata. Hilo rojo. Sí. Exactamente. Justo cuando crees que la vida en las mazmorras no puede ser mejor, llega un ratón.

Capítulo Cuarenta y siete ∞
Sin elección

DESPEREAUX SE QUEDÓ DE PIE TEMBLANDO
en los escalones. El carrete había desaparecido definitiva-
mente. No podía oírlo. No podía verlo. Debía haberse
atado a él cuando tuvo la oportunidad. Pero ahora era
demasiado tarde.

Despereaux se dio cuenta de repente de la horrible
situación en la que se encontraba: era un ratón de unos
pocos gramos en unas oscuras y laberínticas mazmorras
llenas de ratas. No tenía otra cosa que una aguja de coser
con la que defenderse. Tenía que encontrar a la princesa.
Y tenía que salvarla una vez que la hubiera encontrado.

—Es imposible —le dijo a la oscuridad—. No puedo
hacerlo.

Se quedó muy quieto y añadió:

—Volveré.

Pero no se movió. Dio un paso hacia delante y dijo:

—Tengo que volver. Pero no puedo volver. No tengo alternativa. No tengo alternativa.

Dio otro paso hacia delante y después otro más.

—No tengo alternativa —repitió con el corazón latiendo tan fuerte que parecía que quería salírsele del pecho mientras volvía a bajar las escaleras—, no tengo alternativa, no tengo alternativa, no tengo alternativa.

La rata Botticelli esperaba sentada al final de las escaleras, y cuando Despereaux saltó del último escalón al suelo de las mazmorras, Botticelli lo llamó como si fuera un amigo al que hacía mucho tiempo que no veía:

—Ah —dijo—, ahí estás. Exactamente. Te he estado esperando.

Despereaux divisó la oscura forma de la rata, eso que le había espantado durante tanto tiempo: la vio salir de la penumbra y dirigirse hacia él para saludarle.

—Bien venido, bien venido —dijo Botticelli. Despereaux puso una pata sobre la aguja.

—Ah —dijo Botticelli—, estás armado. Qué encantador.

Levantó sus patas delanteras en el aire y añadió:

—¡Me rindo! ¡Oh, sí, ciertamente, exactamente, me rindo!

—Yo... —respondió Despereaux.

—Sí —dijo Botticelli—. Tú.

Tomó entonces el relicario que llevaba colgando del cuello y empezó a balancearlo adelante y atrás, adelante y atrás. Entonces añadió:

—Sigue, por favor.

—No quiero hacerte daño —dijo Despereaux—. Sólo necesito que me dejes pasar. Voy en pos de... algo.

—¿De verdad? —dijo Botticelli—. Cuán extraordinario. Un ratón que va en pos de... algo. ¿En pos de qué cosa? Mientras hacía estas preguntas seguía moviendo el relicario adelante y atrás, adelante y atrás.

—Una misión para salvar a la princesa.

—La princesa —respondió Botticelli—, la princesa, la princesa. Todo parece relacionarse con la princesa últimamente. Los hombres del rey anduvieron por aquí abajo buscándola, fíjate, y no la encontraron, ni que decir tiene. Pero ahora ha llegado un ratón. Y tiene la misión de salvar a la princesa.

—Sí —respondió Despereaux dando un paso hacia la izquierda de Botticelli.

—Cuán inspirador —se burló Botticelli. Dio por su parte un paso hacia su derecha cortándole el camino a Despereaux y añadió:

—¿Por qué tienes prisa, amiguito?

—Porque —respondió Despereaux—, tengo que...

—Sí, sí, tienes que salvar a la princesa. Exactamente. Pero antes de salvarla tendrás que encontrarla, ¿no?

—Sí —respondió Despereaux.

—¿Y qué pasa —dijo Botticelli—, si te dijera que sé exactamente dónde está la princesa? ¿Qué pasa si te dijera que te podría llevar directamente hasta ella?

—Hummm —respondió Despereaux; la voz le temblaba. Temblaba la pata con la que sujetaba la aguja y añadió:

—¿Y por qué habrías de hacer eso?

—¿Que por qué habría de hacer eso? ¿Por qué habría de ayudarte? Pues para... ser útil. Para hacer algo por la humanidad. Para ayudar en el salvamento de una princesa.

—Pero tú eres una...

—Una rata —se adelantó Botticelli—. Sí, soy una rata. Y tu tem-tem-temblor me dice que los rumores enormemente exagerados de nuestra malvada naturaleza han llegado a tus orejotas.

—Sí —dijo Despereaux.

—Si... —respondió Botticelli haciendo oscilar al relicario adelante y atrás—... si me permitieras ayudarte, me harías un tremendo favor. No sólo es que puedo hacer mucho por ti y por la princesa, sino que mis acciones ayudarían a disipar el terrible mito de la maldad que parecen arrastrar las ratas en todas partes. ¿Me dejarás ayudarte? ¿Me dejarás que me ayude a mí mismo y a mi especie?

Lector, ¿era esto un truco?

¡Claro que sí!

Botticelli no quería ser útil; ni mucho menos. Ya sabes lo que Botticelli quería: quería hacer sufrir a otros.

Específicamente quería que este ratoncito sufriera... y, ¿cómo realizar de la mejor forma ese deseo?

Muy sencillo, llevándole directamente a lo que quería, a la princesa. Permitiéndole ver lo que su corazón anhelaba y entonces, sólo entonces, frente a frente con el objeto de su amor, Despereaux moriría. Y cuando todo concluyera, qué sabroso estaría el ratón... ¡sazonado con esperanza y lágrimas y harina y aceite y amor imposible!

—Mi nombre, amiguito, es Botticelli Remorso. Y debes confiar en mí. Debes tener confianza en mí. ¿Me dices tu nombre?

—Despereaux. Despereaux Tilling.

—Despereaux Tilling, aparta la pata de tu arma y sígueme.

Despereaux le miró fijamente.

—Venga, venga —dijo Botticelli—, deja la aguja y agárrate a mi cola. Te llevaré a tu princesa, lo prometo.

¿Qué vale, lector, en tu experiencia, la promesa de una rata?

Exactamente.

Cero. Nix. Nada. Ni un pimiento.

Pero también he de hacerte otra pregunta: ¿qué otra cosa le quedaba a Despereaux a la que agarrarse?

Tienes razón de nuevo.

Nada.

Así que el ratón alargó una pata y se agarró a la cola de Boticelli Remorso.

Capítulo Cuarenta y ocho ☙
A la cola de una rata

¿TE HAS AGARRADO alguna vez a la cola de una rata? En el mejor de los casos es una sensación desagradable, algo escamoso y frío, semejante a agarrar una serpiente pequeña y esmirriada. En el peor de los casos, si tu supervivencia depende de esa rata, y cuando una parte de ti está segura de que no te llevan a ningún lado excepto a tu muerte, tener sólo una cola de rata a la que agarrarse es, en realidad, una sensación espantosa.

No obstante, Despereaux se agarró a Botticelli Remorso, y juntos avanzaron en las profundidades de las mazmorras.

Los ojos de Despereaux, en este punto, se habían acostumbrado bien a la oscuridad, aunque hubiera sido mejor que no lo hubieran hecho, porque las cosas que veía le hacían estremecerse y temblar.

Despereaux cerró los ojos.

¿Qué vio?

Vio que el suelo estaba cubierto con mechones de piel, nudos de hilo rojo y esqueletos de ratones. En la oscuridad, relucían por doquier diminutos huesos blancos. Y también vio, en los túneles por los que Botticelli le condujo, los huesos de seres humanos, cráneos que hacían muecas y delicados huesos de dedos que salían de la oscuridad y apuntaban hacia alguna verdad que había quedado sin decir.

Despereaux cerró los ojos.

Pero no le sirvió de nada: como si todavía los tuviera abiertos siguió viendo los huesos, los mechones de piel o de pelo, los nudos de hilo, la desesperación.

—¡Ja-já, exactamente! —se reía Botticelli dando vueltas y doblando esquinas—. Oh, sí, exactamente.

Si lo que estaba frente a Despereaux era demasiado horrible para ser contemplado, lo que le seguía era, quizás, peor: ratas, un feliz hambriento y vengativo séquito de ratas, con las narices en el aire, venteando, venteando.

—¡Ratón! —canturreó alegremente una de ellas.

—Sí, oh sí, sí, ratón —convino otra—. Pero además otras cosas.

—¡Sopa! —gritó otra rata.

—Sí, ¡sopa! —convinieron las otras.

—¡Sangre! —cantó una.

—Sangre —convinieron todas.

Y entonces canturrearon a coro:

—¡Aquí, ratoncito, ratoncito, ratoncito! ¡Aquí, ratoncito!

Botticelli se dirigió entonces a las otras ratas diciendo:

—Mío. Este tesorito es todo mío, damas y caballeros. Se lo ruego. No se aprovechen de mi descubrimiento.

—Señor Remorso —dijo Despereaux. Volvió la cabeza y vio las ratas tras de él, con sus ojos rojos y sus bocas sonrientes. Cerró los ojos de nuevo y los mantuvo cerrados.

—¡Señor Remorso! —gritó de nuevo.

—¿Sí? —respondió Botticelli.

—Señor Remorso —dijo Despereaux; ahora lloraba. No podía evitarlo—. Por favor, la princesa.

—¡Lágrimas! —gritaron las ratas—. ¡Olemos lágrimas, ratoncito, las olemos!

—¡Por favor! —gritó Despereaux.

—Amiguito —respondió Botticelli—. Pequeño Despereaux Tilling: te lo he prometido. Y cumpliré mi promesa.

La rata se detuvo.

—Mira delante de ti —dijo—. ¿Qué ves?

Despereaux abrió los ojos.

—Luz —respondió.

—Exactamente —dijo Botticelli—. Luz.

Capítulo Cuarenta y nueve ∞
¿Qué quieres, Pinky Pampurrias?

DE NUEVO, LECTOR, debemos retroceder antes de continuar. Hemos de considerar durante un momento lo que había ocurrido con la rata y la sirvienta y la princesa, allí abajo en las mazmorras, antes de que Despereaux llegue a ellas.

Lo que sucedió fue esto: Roscuro llevó a Guisante y a Pinky a las profundidades, a una cámara escondida, y allí indicó a Pinky cómo encadenar a la princesa.

—Carambolas —dijo Pinky—, lo va a pasar muy mal aprendiendo las lecciones si lleva todas esas cadenas encima.

—Haz lo que digo —respondió Roscuro.

—Puede ser —respondió Pinky—, antes de que cierre los candados, ella y yo podíamos cambiar nuestras ropas y así empezaría ya lo de que ella fuera yo y yo fuera ella.

—Oh, sí —respondió Roscuro—. Ciertamente. Una

idea maravillosa, señorita Pampurrias. Princesa, quítese la corona y entréguesela a la sirvienta.

La princesa Guisante suspiró, se quitó su corona y se la tendió a Pinky, que se la encasquetó inmediatamente para ver cómo se deslizaba por su pequeña cabeza hasta apoyarse muy dolorosamente sobre sus pobres orejas maltratadas.

—Esto es muy grande —dijo—, y duele.

—Bien, bien —dijo Roscuro.

—¿Qué pinta tengo? —preguntó Pinky, sonriéndole.

—Ridícula —respondió la rata.

Pinky, de pie, intentaba contener las lágrimas. Temblorosamente le dijo a Roscuro:

—¿Quieres decir que no parezco una princesa?

—Quiero decir —contestó Roscuro—, que tú *jamás* parecerás una princesa, no importa cuán grande sea la corona que te pongas en la cabecita. Parecerás siempre la tonta que eres y siempre serás. Venga, haz algo de utilidad y termina de encadenar a la princesa. Se terminó el tiempo de disfrazarse.

Pinky sorbió, se enjugó los ojos y se inclinó a mirar la pila de cadenas y candados del suelo.

—Y ahora, princesa —dijo la rata—, me temo que ha llegado la hora de la verdad. Te diré ahora lo que te reserva el futuro. Del mismo modo que me condenaste a la oscuridad, yo te condeno, también, a pasar tu vida en esta mazmorra.

Pinky levantó la vista y preguntó:

—¿No va escaleras arriba para ser sirvienta?

—No —respondió Roscuro.

—¿No voy a ser princesa yo, entonces?

—No —repitió Roscuro.

—Pero quiero ser princesa.

—A nadie —siguió Roscuro—, a nadie le importa lo que tú quieras.

Como sabes, lector, Pinky Pampurrias había oído expresar este sentimiento muchas veces en su corta vida. Pero ahora, en las mazmorras, la golpeó con toda su fuerza: la rata tenía razón. A nadie le importaba lo que ella quería. A nadie le había importado nunca. Y lo peor de todo era que quizás nunca le importaría a nadie.

—¡Yo quiero...! —gritó Pinky.

—Shhhh —dijo la princesa.

—Cállate —dijo la rata.

—Yo quiero... —sollozó Pinky—, yo quiero... yo quiero.

—¿Qué quieres, Pinky? —dijo en voz baja la princesa.

—¿Eh? —gritó Pinky.

—¡¿Qué quieres, Pinky Pampurrias?! —gritó la princesa.

—No le preguntes eso —dijo Roscuro—. Cállate. ¡Cállate!

Pero era demasiado tarde. Las palabras habían sido dichas: y la pregunta por fin había sido formulada. El

*—¡¿Qué quieres, Pinky Pampurrias?! —gritó
la princesa.*

mundo dejó de girar y toda la creación contuvo el aliento esperando oír lo que Pinky Pampurrias quería.

—Quiero... —dijo Pinky.

—¿Sí? —gritó Guisante.

—¡Quiero a mi Ma! —gritó Pinky al silencioso mundo que aguardaba—. ¡*Quiero a mi Ma!*

—Oh —dijo la princesa, tendiéndole la mano a Pinky.

Pinky se agarró a ella.

—Yo también quiero a mi madre —dijo la princesa en voz baja y apretó la mano de Pinky.

—¡Basta! —gritó Roscuro—. Encadénala. ¡Encadénala!

—Carambolas —dijo Pinky—, no voy hacerlo, no puedes obligarme. Yo tengo el cuchillo, ¿no?

Y diciendo esto, levantó el cuchillo.

—Si tienes algo de seso, aunque sea poco dijo Roscuro—, y dudo de todo corazón que sea así, no usarás ese instrumento conmigo. Sin mí nunca encontrarás la forma de salir de aquí y te morirás de hambre o de algo peor.

—Carambolas —dijo Pinky—, entonces sácanos ahora mismo o haré contigo rebanaditas de rata.

—No —contestó Roscuro—. La princesa se quedará aquí, en la oscuridad, y tú te quedarás con ella.

—Pero yo quiero ir escaleras arriba —respondió Pinky.

—Me temo que nos quedaremos aquí, Pinky —gritó la princesa—, a menos que a la rata se le ablande el corazón y decida llevarnos al exterior.

—No habrá cambios de corazón —dijo Roscuro—. Ninguno.

—Carambolas —respondió Pinky y bajó el cuchillo.

Y así, la rata y la princesa y la sirvienta se sentaron juntas en las mazmorras mientras fuera del castillo, salía el sol, atravesaba el cielo, se hundía en el horizonte nuevamente y caía la noche. Se sentaron juntas hasta que la vela se consumió y hubo que encender otra. Se sentaron juntas en las mazmorras. Se sentaron.

Y, lector, de verdad que podrían seguir sentadas allí, si no hubiera llegado un ratón.

Capítulo Cincuenta ∞
En el cual la princesa dice su nombre

—¡PRINCESA! —gritó Despereaux—. ¡Princesa, he venido a salvarte!

La princesa Guisante oyó su nombre y miró hacia arriba.

—Despereaux —susurró.

Y entonces gritó:

—¡Despereaux!

Lector, nada es más dulce en este triste mundo que el sonido de alguien que te quiere y te llama por tu nombre.

Nada. Para Despereaux, el sonido hacía que todo valiera la pena. Su cola perdida, su viaje a las mazmorras, salir de ellas y volver a ellas.

Corrió hacia la princesa.

Pero Roscuro, descubriendo sus dientes, le cerró el paso.

La princesa dijo sollozando:

—¡Oh no, rata, por favor! No le hagas daño. Es mi amigo.

Pinky dijo entonces:

—No te preocupes, princesa, salvaré al *probecito*.

Agarró el cuchillo de cocina y dio un tajo con él para cortarle la cabeza a la rata, pero falló.

—Aaaay —dijo Pinky Pampurrias.

Capítulo Cincuenta y uno ❦
¿Qué es ese olor?

—¡AAAAAY! —gritó Roscuro.

Se volvió para ver dónde había ido su cola y mientras hacía esto Despereaux sacó la aguja y colocó su aguzada punta sobre el corazón de la rata.

—¡No te muevas! —dijo Despereaux—. O te mataré.

—¡Ja-ja-já! —se rió Botticelli desde un lateral—. Exactamente. —Golpeó el suelo con la cola como signo de aprobación y añadió:

—Absolutamente delicioso: un ratón va a matar a una rata. Oh, esto es mucho mejor de lo que yo había imaginado. Me encanta cuando llegan ratones a las mazmorras.

—Déjanos ver —dijeron las demás ratas, adelantándose y empujando.

—Atrás —les dijo Botticelli todavía riéndose—. Dejemos que el ratón haga su trabajo.

Despereaux sujetaba la temblorosa aguja contra el corazón de Roscuro; sabía que era un caballero y que era su deber proteger a la princesa. Pero ¿matar a la rata haría verdaderamente desaparecer la oscuridad?

Despereaux inclinó la cabeza un poco; al hacerlo sus bigotes rozaron la nariz de la rata.

Roscuro inspiró.

—¿Qué... qué es ese olor? —preguntó.

—¡Sangre de ratoncito! —gritó una rata.

—¡Sangre y huesos! —gritó otra.

—Hueles lágrimas —dijo Botticelli—. Lágrimas y amor frustrado.

—Exactamente —respondió Roscuro—. Y sin embargo hay algo más.

Olfateó de nuevo y el olor de la sopa entró en su alma como una ola gigantesca que traía con ella el recuerdo de la luz, de la araña de cristal, de la música, de la risa, de todo aquello de lo que nunca, pero nunca jamás, podría disfrutar como rata.

—*Sopa* —gimió Roscuro.

Y comenzó a llorar.

—¡Buuuu! —se burló Botticelli.

—*Sssshhh* —chistaron las demás ratas.

—Mátame —dijo Roscuro cayendo ante Despereaux—. Nunca funcionará. Todo lo que yo quería era un poco de luz. Por eso traje aquí a la princesa, en realidad para tener un poco de belleza...., algo de luz propia.

—¡No te muevas! —dijo Despereaux—. Te mataré.

—¡Por favor! —gritó Botticelli—, ¡mátalo! Es un miserable símil de rata.

—No, Despereaux —dijo la princesa—. No lo mates.

Despereaux bajó la aguja. Se volvió y miró a Guisante.

—¡Buuuu! —gritó otra vez Botticelli—. ¡Mátalo! ¡Mátalo! Toda esta bondad me pone malo. Se me ha quitado el apetito.

—¡Carambolas! —gritó Pinky, blandiendo su cuchillo—. Yo lo mataré.

—No, espera —dijo la princesa. Y dirigiéndose a la rata añadió:

—Roscuro.

—¿Qué? —respondió la rata. Las lágrimas que brotaban de sus ojos le bajaban por los bigotes y goteaban en el suelo de las mazmorras.

Entonces la princesa inspiró profundamente y se puso una mano en el corazón. Creo, lector, que la princesa sintió lo mismo que Despereaux había sentido cuando se enfrentó con su padre suplicando su perdón. Esto es, Guisante fue repentinamente consciente de lo frágil que era su corazón, de cuánta oscuridad había en él, luchando siempre con la luz. No le gustaba la rata y nunca le gustaría, pero supo lo que había de hacer para salvar su propio corazón.

Así que, aquí están las palabras que la princesa le dijo a su enemigo:

—Roscuro, ¿te apetece un poco de sopa?

La rata olfateó y respondió:

—No me atormentes.

—Te prometo —dijo la princesa—, que si nos sacas de aquí, ordenaré a Cocinera que te haga un poco de sopa. Y además puedes tomarla en el salón de banquetes.

—¡Hablando de comer —gritó una de las ratas—, queremos el ratoncito!

—Sí —gritó otra—, ¡entréganos al ratoncito!

—¿Quién lo querría ahora? —preguntó Botticelli— Su sabor se ha estropeado por completo con todo ese perdón y toda esa bondad. Ag. Por lo que a mí respecta, me voy.

—¿Sopa en el salón de banquetes? —preguntó Roscuro a la princesa.

—Sí —respondió la princesa.

—¿De verdad?

—De verdad. Lo prometo.

—¡Carambolas! —gritó Pinky—. ¡La sopa es ilegal!

—Pero la sopa es buena —dijo Despereaux.

—Sí —afirmó Guisante—, ¿verdad?

La princesa se inclinó ante el ratón y dijo:

—Eres mi caballero, mi caballero de la aguja resplandeciente. ¡Y estoy tan contenta de que me encontraras! Vamos arriba. Tomaremos un poco de sopa.

Y, lector, así lo hicieron.

Capítulo Cincuenta y dos ∽
Felices para siempre

PERO LA PREGUNTA que quieres que te conteste, lo sé, es ésta: ¿vivieron felices para siempre?

Sí..., y no.

¿Qué pasó con Roscuro? ¿Vivió feliz para siempre? Pues... la princesa Guisante le dio libre acceso a la parte superior del castillo. Se le permitió ir y volver de la oscuridad de las mazmorras a la luz del mundo subterráneo. Pero, ¡ay!, nunca fue verdaderamente de ninguno de los dos sitios. Éste es el triste destino, me temo, de aquellos cuyos corazones se han roto y se han recompuesto como han podido. Pero la rata, al buscar el perdón, se las arregló para proyectar algo de luz, un poco de felicidad en otra vida.

¿Cómo?

Roscuro, lector, le contó a la princesa la historia del preso que había tenido una vez un mantel rojo, y la princesa ordenó que fuera liberado. Roscuro condujo al preso escaleras arriba, junto a su hija, Pinky Pampurrias. Pinky, como ya habrás supuesto, no consiguió ser princesa. Pero su padre, para expiar lo que había hecho, la trató como si fuera una princesa el resto de sus días.

¿Y qué fue de Despereaux? ¿Vivió feliz para siempre? Bien, no se casó con la princesa, si es lo que piensas que significa vivir feliz para siempre. Incluso en un mundo tan raro como éste, un ratón y una princesa no suelen casarse.

Pero, lector, pueden ser amigos.

Y lo fueron. Corrieron muchas aventuras juntos. Esas aventuras, sin embargo, son otra historia, y la presente, me temo, tiene ahora que concluir.

Pero antes de que te vayas, lector, imagínate esto: imagínate un rey sonriente y una princesa risueña, una sirvienta con una corona en la cabeza y una rata con una cuchara en la suya, todos reunidos en torno a una mesa en un salón de banquetes. En el centro de la mesa hay una gran olla de sopa. Sentado en el lugar de honor, a la derecha de la princesa, vemos un ratón muy pequeño de grandes orejas.

Y fisgando tras una cortina de terciopelo, contemplando asombrados la escena que se desarrolla ante ellos, hay otros cuatro ratones.

—¡*Mon Dieu*, mira, mira!
—dice Antoinette—. Vive.
¡Vive! Y parece un ratón
feliz.

—Perdonado —susurra
Lester.

—¡Demontre! —dice
Frano—. Increíble.

—Exactamente —dice
Hovis, el maestro del hilo,
sonriendo—, exactamente.

Y, lector, así es.

¿Verdad?

FIN

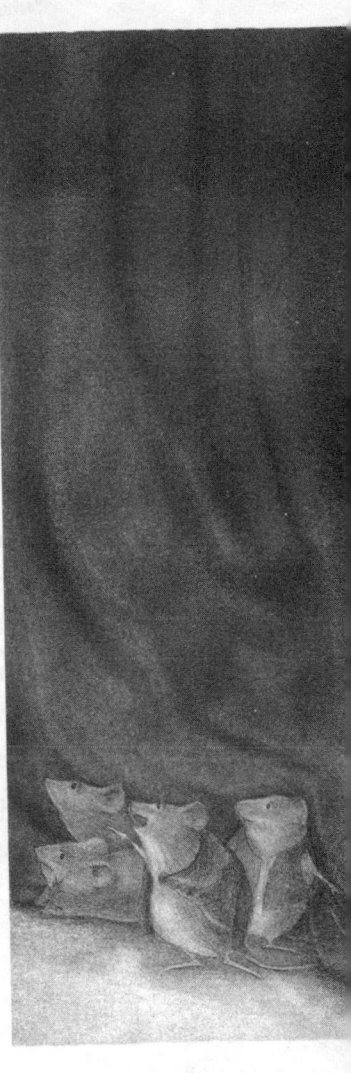

Coda ∞

¿Recuerdas cuando Despereaux estaba en las mazmorras, acunado por la mano de Gregorio, el carcelero, y susurraba una historia en el oído del anciano?

Me gustaría mucho que pensaras en mí como un ratón que te cuenta una historia, esta historia, con todo mi corazón, susurrándola en tu oído para salvarme de la oscuridad, y también para salvarte de la oscuridad.

—Las historias son la luz —le dijo Gregorio el carcelero a Despereaux.

Lector, espero que hayas encontrado un poco de luz en ésta.

ÍNDICE